Matthew Costello
Neil Richards

Mydworth – Bei Ankunft Mord

AF185958

MYDWORTH – Ein Fall für Lord und Lady Mortimer. Die Serie

Ein glamouröses Ermittlerduo, ungewöhnliche Verbrechen, schnelle Autos, schicke Kleider und rauchende Revolver – das ist Mydworth, die neue Serie von Matthew Costello und Neil Richards, den Autoren der britischen Erfolgsserie Cherringham. Sir Harry Mortimer, ehemaliger Spion im Dienste ihrer Majestät, ermittelt zusammen mit seiner umwerfenden Ehefrau Kat, die es mit jedem Bösewicht aufnehmen kann! Mydworth ist eine spannende Zeitreise ins England der 20er Jahre – für Fans von Babylon Berlin, Downton Abbey, und Miss Fishers mysteriösen Mordfällen.

Die Hauptfiguren

Sir Harry Mortimer (32) kehrt nach langer Zeit im Ausland in seinen Heimatort Mydworth zurück. Der Sohn der wohlhabenden englischen Adelsfamilie hat als Pilot im Ersten Weltkrieg gekämpft und war danach zehn Jahre offiziell im diplomatischen Dienst tätig – in Wirklichkeit aber arbeitete Harry für den britischen Geheimdienst. Bei einem Einsatz in Kairo trifft er die wunderschöne Amerikanerin Kat Reilly, die ebenfalls verdeckt für ihre Regierung arbeitet. Die beiden verlieben sich und heiraten nach einer stürmischen Romanze. Das ungleiche Paar beschließt, zusammen nach England zu ziehen, um zur Ruhe zu kommen und sich dort ein beschauliches Leben aufzubauen. Aber es kommt anders als geplant …

Kat Reilly (32) kommt aus einer anderen Welt als ihr adliger Ehemann. Sie stammt aus New York und ist in ärmlichen Verhältnissen in der Bronx aufgewachsen. Aber sie ist tough, intelligent und abenteuerlustig. Sie erkämpft sich ein Stipendium an der Universität, arbeitet im Ersten Weltkrieg als Krankenschwester auf den Schlachtfelder Frankreichs und wird dann vom amerikanischen Außenministerium rekrutiert. Ihr scharfer Humor und ihre modernen Ansichten bringen frischen Wind in das verschlafene Mydworth. Aber an ihre Rolle als Lady Mortimer muss sie sich erst noch gewöhnen …

Über die Autoren

Matthew Costello ist Autor erfolgreicher Romane wie Vacation (2011), Home (2014) und Beneath Still Waters (1989), der sogar verfilmt wurde. Er schrieb für verschiedene Fernsehsender wie die BBC und hat dutzende Computer- und Videospiele gestaltet, von denen The 7th Guest, Doom 3, Rage und Pirates of the Caribbean besonders erfolgreich waren. Er lebt in den USA.

Neil Richards hat als Produzent und Autor für Film und Fernsehen gearbeitet sowie Drehbücher für die BBC, Disney und andere Sender verfasst, für die er bereits mehrfach für den BAFTA nominiert wurde. Für mehr als zwanzig Videospiele hat der Brite Drehbuch und Erzählung geschrieben, u. a. The Da Vinci Code und, gemeinsam mit Douglas Adams, Starship Titanic. Darüber hinaus berät er weltweit zum Thema Storytelling. Bereits seit den späten 90er Jahren schreibt er zusammen mit Matt Costello Texte, bislang allerdings nur fürs Fernsehen.

Seit 2013 schreiben das transatlantische Duo Matthew Costello und Neil Richards die Serie CHERRINGHAM, in der inzwischen 34 Folgen erschienen sind. MYDWORTH ist ihr neues gemeinsames Projekt.

MATTHEW COSTELLO
NEIL RICHARDS

MYDWORTH
EIN FALL FÜR
LORD UND LADY MORTIMER

Bei Ankunft Mord

Aus dem Englischen von Sabine Schilasky

beTHRILLED

Vollständige ePub-to-Print-Ausgabe des in der Bastei Lübbe AG
erschienenen eBooks »Mydworth – Bei Ankunft Mord« von Matthew
Costello und Neil Richards

beTHRILLED in der Bastei Lübbe AG

Für die Originalausgabe:
Copyright © 2019 by Bastei Lübbe AG, Köln
Titel der britischen Originalausgabe: »Mydworth Mysteries – A Shot
in the Dark«

Für diese Ausgabe:
Copyright © 2019 by Bastei Lübbe AG, Köln
Textredaktion: Julia Feldbaum
Lektorat/Projektmanagement: Kathrin Kummer
Covergestaltung: Kirstin Osenau unter Verwendung von Motiven ©
9548315445 / Shutterstock | © Richard Jenkins Photography | ©
maodoltee / Shutterstock
Satz: 3w+p GmbH, Rimpar (www.3wplusp.de)
Druck: Books on Demand GmbH, Norderstedt

ISBN 978-3-7413-0148-3

www.be-ebooks.de
www.lesejury.de

Prolog
Sussex, England 1929

Lady Lavinia Fitzhenry blätterte um. Sie las den neuesten Roman des Amerikaners – Hemingway.

Immer wieder witzig, ein Buch von jemandem zu lesen, den man persönlich kennt – und mit dem man sogar den ein oder anderen Drink genommen hat.

Sie saß in ihrem Bett – Mydworth Manor war friedlich, und das Personal unten ging lautlos seinen Aufgaben nach.

So war Lesen eine reine Freude.

Lavinia hatte sich ein Glas Portwein mit hoch genommen, das leider schon leer war. Zudem war es spät genug, um allmählich das Licht zu löschen. Morgen stand ihr ein geschäftiger Tag bevor, denn bald würden Wochenendgäste aus London anreisen.

Was für ein Spaß! Klatsch, Musik und jeden Abend Cocktails vor dem Dinner!

Sie legte ihr Buch auf den Nachttisch und knipste das Licht aus. Sofort war das Schlafzimmer in Dunkelheit getaucht, und Lavinia schlummerte über dem Plänemachen fast ein. In diesem Moment …

Ein Geräusch.

Sie schlug die Augen auf.

Noch ein Geräusch: ein Rattern. Nicht nahe, sondern eindeutig irgendwo am anderen Ende des breiten Flurs hier oben im ersten Stock.

Und es klang wie eine Tür oder ein Fenster, die von einem Luftzug durchgerüttelt wurden. Nur dass es eigentlich eine ruhige Nacht war, in der sich kaum ein Lüftchen regte.

Da war es wieder! Ein lauteres Rattern.

Lavinia war niemand, der dasaß und abwartete. Ihr Leben lang hatte sie auf dieselbe Weise auf beängstigende Dinge reagiert: *Wenn du dich vor etwas fürchtest, stelle dich ihm.*

Sie schaltete das Licht wieder ein, war mit einer flinken Bewegung aus dem Bett, zog ihren Morgenmantel über und ging hinaus auf den Flur.

Sie stand regungslos vor ihrem Schlafzimmer und horchte.

Das Geräusch war verklungen.

Langsam bewegte sie sich den dunklen Korridor entlang und lauschte aufmerksam. Vorbei an der breiten Treppe, die hinunter in die Eingangshalle führte, in der den ganzen Abend Licht brannte – warm und beruhigend.

Sie ging weiter zu der Reihe von Gästezimmern, die ihre Besucher in wenigen Tagen bewohnen würden.

Hier blieb sie stehen. Alles war still.

Zeit, zurück ins Bett zu gehen, dachte sie und drehte sich um.

Da war ein Knacken. Das scharfe, spröde Geräusch von etwas, das im Zimmer gleich rechts von ihr einrastete.

Die Tür war geschlossen.

Natürlich war sie das – so, wie es sein sollte. Diese Zimmer waren schon seit Tagen geputzt und vorbereitet.

Lavinia griff nach dem Türknauf. Er fühlte sich kalt an.

Ein Drehen, ein hörbares Klicken, und die Tür ging auf. Lautlos trat sie ins Zimmer.

Ihre Augen hatten sich bereits an die Dunkelheit gewöhnt, sodass sie kein Licht machen musste, um festzustellen, dass hier alles in Ordnung war.

Die Tür zur Ankleide stand halb offen. Vage nahm Lavinia einen kühlen Luftzug aus dem Raum wahr. Eine Kälte, die dort nicht hingehörte.

Nachdem sie einmal tief Luft geholt hatte, öffnete sie die Tür weiter, ging hinein und sah … dass das Fenster sperrangelweit offen stand. Sie eilte hin, um es zu schließen und dieses nächtliche Abenteuer zu beenden.

Als sie das Fenster zuzog, blickte sie zum Rasen hinunter. Der Mond lugte zwischen zwei Wolken hervor.

Und Lavinia erstarrte.

Eine Gestalt ging langsam vom Haus weg auf den Wald zu.

Und während sie hinschaute, blieb die Gestalt stehen. Drehte sich um. Blickte zu ihr nach oben …

Lavinias Herz, das eben noch ruhig geschlagen hatte, pochte schneller. Sie wich vom Fenster zurück, dachte fieberhaft nach, welche Erklärung es hierfür geben könnte. Ihr fiel keine ein.

Sie trat erneut ans Fenster und spähte nach draußen.

Nun überkam sie beim Blick in die Dunkelheit eine unheimliche Vorahnung. Ein Gefühl, dass dieses Wochenende kein Spaß werden würde …

1. Heimkehr nach England

Kat Reilly beobachtete, wie ihr Mann Harry seine Augen gegen die Morgensonne abschirmte und das Entladen der Kanalfähre an der Pier von Newhaven betrachtete. Sie kannte ihn gut genug, um zu bemerken, dass er besorgt war.

Die *Pride of Sussex* hatte eine Stunde zu spät angelegt, und in der Hektik, die eingetreten war, als man versucht hatte, das Schiff zu wenden, hatte Kat bereits gesehen, dass ein Stück kostbare Fracht aus dem Netz gekippt und auf dem Kai zerschellt war.

Während das Dampfschiff schwarze Wolken in den Himmel rülpste, schwärmten lauter Lastwagen, Pferde- und Handkarren über den Kai, riefen Passagiere Anweisungen und versuchten Zöllner, das Geschehen zu dirigieren.

So viel zu der berühmten englischen Höflichkeit und dem Anstand, die sie bei dieser ersten Reise nach England erwartet hatte!

Sie musste jedoch zugeben, dass Sir Harry Mortimer wie immer ganz der ruhige, unerschütterliche britische Gentleman war – groß, schlank, das schwarze Haar länger denn je, das Jackett lässig über eine Schulter geworfen, ein weißes Baumwollhemd und dazu eine grellrote Krawatte. Es fehlte nur noch ein Tennisschläger, um das Bild abzurunden.

Oder vielleicht eher ... ein Cricketschläger?

Er drehte sich zu ihr um. »Hm ... ich spreche mal kurz mit diesen Burschen da drüben. Damit sie, ähm ...«

Sie grinste. »Und wie willst du das machen?«

Harry lächelte umwerfend und nickte. »Meinst du, sie werden meinen Rat nicht dankend annehmen?«

»Oh doch, mit offenen Armen, ohne Frage. Das oder mit geballten Fäusten.«

»Nun, es ist mein Wagen, den sie gleich auf die Pier fallen lassen werden.«

»Dein Wagen?«

»Ah, richtig, verzeih. Die Macht der Gewohnheit. Ich meine, unser Wagen. Er mag zwar kein Bugatti sein, aber dieser Alvis ist mir verdammt viel wert.«

»Viel Glück. Also in New York legt sich keiner mit Schauerleuten an.«

»Tja, ich schätze, hier drüben sind wir ein klein wenig zivilisierter, hm?«

»*Zivilisierter?* Es ist neun Uhr, und ich warte immer noch auf den Kaffee, den du mir versprochen hast.«

»Wie wäre es, wenn wir *en route* an einem Wirtshaus halten und meine Rückkehr in die Heimat sowie deinen ersten Besuch hier mit einem richtigen Frühstück feiern?«

»Gibt es auch falsches Frühstück?«

»Ich vergesse immer, dass du noch nicht ganz in unserer Sprache zu Hause bist. Ich meine ›opulent‹. Mit allem Drum und Dran.«

»Klingt köstlich.«

Er grinste, und sie sah ihm nach, als er zu einem Mann mit Mütze und blauem Overall ging. So, wie der Mann die Hände in die Hüften stemmte, könnte er der Vorarbeiter sein – oder wie immer man hier jemanden nannte, der das Sagen hatte.

Nun gestikulierte Harry in Richtung ihres Wagens – dem wunderschönen, edlen Exemplar englischer Automobilbaukunst –, der in diesem Moment aus der Ladeluke gehievt wurde und bedenklich in den Seilen und Ketten schwankte.

Der Mann mit der Mütze nickte. Kein Lächeln. Doch Kat vermutete, dass Harry tat, was sie schon so oft bei ihm erlebt hatte. Ein paar Worte hier und da, und auf einmal *wollten* die Leute ihm helfen.

Kat war nicht sicher, ob er sich als »Sir« vorgestellt hatte, fragte sich jedoch, ob dieser :»Lord und Lady«-Kram bei den Hafenarbeitern gut ankommen würde.

Harry kehrte zu ihr zurück. »Alles astrein, ähm, ich meine, geregelt. Ich habe ihm eben erklärt, was unter der Plane versteckt ist, und gefragt, ob sie schon einmal solch einen Wagen ausgeladen haben.«

»Und?«

»Anscheinend zieht er Bentleys vor. Rolls-Royces auch, wenn es sein muss. Obwohl er sagte, falls ich ihm eine Probefahrt anbieten würde, würde er nicht ablehnen.«

»Ein Witzbold, hm?«

»Sehr bodenständig.«

»Tja, ich hätte ihm einfach etwas Geld zugesteckt.«

»Oh ja, hätte ich mir denken können. Das würde hier *niemals* wirken. Ein gestandener Profi wie er? Er würde das als Beleidigung auffassen.«

Was Kat bezweifelte. Zehn Jahre in den amerikanischen Botschaften von Istanbul bis Tokio hatten sie eines gelehrt: Eine Handvoll Dollar, und alles auf der Welt lief reibungslos.

Sie wandte sich um und sah, wie ihr Sportwagen ruhig heruntergelassen wurde. Und langsam, wie sie erfreut feststellte. Nun gab es also keinen Grund mehr zur Sorge.

Sie drehte sich wieder zu Harry, der beobachtete, wie ihre Gepäcktruhen ausgeladen wurden, um per Lastwagen nach Mydworth gebracht zu werden.

Anschließend würden sie zu ihrem neuen Zuhause fahren. Zumindest für Kat war es neu, für Harry nicht. Er war in Mydworth aufgewachsen und kannte jene Welt, ganz gleich, wie lange er fort gewesen war.

Plötzlich überwachte Harry das Ausladen nicht mehr.

»Hm«, brummelte er.

»Was ist?«, fragte sie, als er zu der Stelle sah, an der Wagen und Droschken vorfuhren, um Passagiere abzuholen.

Dort stand ein elegantes Auto. Kein Taxi, sondern ein sehr seriös wirkendes Gefährt. Und aus ihm stieg ein Mann in einer Chauffeursuniform, der nun in ihre Richtung blickte.

»Stimmt etwas nicht?«, fragte sie ihren Mann.

»Weiß ich nicht. Aber ich denke, das werden wir gleich herausfinden.«

Der Fahrer hielt einen weißen Briefumschlag in den Händen. Er kam direkt auf sie zu, nein, er eilte sogar.

Harry bildete sich einiges auf sein gutes Gespür ein. Es hatte ihm 1918 am Himmel über Belgien gute Dienste geleistet, wie auch bei seinen diversen Auslandseinsätzen für das Außenministerium. Mehrmals hatte es ihn schon vor Schaden bewahrt. Einmal sogar … *vor dem Tod.*

Nun sagte ihm selbiges Gespür, dass der Umschlag, den der Mann brachte, eher keine guten Neuigkeiten enthielt.

»Sir Harry Mortimer?«

Es war weniger eine Frage als eine Bestätigung.

Harry nickte kurz. Er bemerkte, wie auch Kat alles interessiert beäugte. Vermutlich fragte sie sich, worum es hier gehen könnte.

Der Chauffeur hielt Harry den Umschlag hin. »Dringendes aus Whitehall, Sir. Ich soll warten.«

Harry nahm den Umschlag und grinste Kat verhalten zu. »Warten, hm? Und worauf?«

Er zog die eingesteckte, aber nicht verklebte Umschlaglasche auf und holte ein einzelnes Blatt heraus. Sowohl das Wappen als auch die Adresse waren ihm bekannt. Die Nachricht war erbärmlich kurz, allerdings auch sehr klar.

»Was ist das, Harry?«

Ihm entging nicht, dass seine Frau ein wenig besorgt klang. Als sie sich dem Hafen von Newhaven genähert hatten, hatte Harry ihr geschildert, wie ihr künftiges gemeinsames Leben in seiner Heimat aussehen würde. *»Kein Umherziehen mehr für mich«,* hatte er gesagt. *»Eine nette, ruhige Bürotätigkeit in der Stadt, nur ein paar Tage die Woche am Schreibtisch, Lunch im Klub, und um fünf bin ich zu Hause, keine Hals-über-Kopf-Aktionen ...«*

Worauf sie mit *»Das wage ich zu bezweifeln«* geantwortet hatte.

Er holte tief Luft und überlegte, wie er sich vor dem drücken konnte, was man laut diesem Brief von ihm wollte.

Es tat sich keine Lösung auf, also drehte er sich zu Kat um.

Sie sah seinem Blick an, dass Harry nicht glücklich war. Es hatte nur Sekunden gedauert, den Brief zu lesen, doch was darin auch stehen mochte, ihr Mann war ... nicht erfreut.

»Dringende Besprechung. Es klingt ein wenig kopflos, aber anscheinend wollen sie mich dabeihaben.«

»Ach ja? Wann?«, fragte sie. Obwohl ... Da der Chauffeur schon hier war, konnte sie sich die Antwort denken.

»Jetzt gleich, wie es scheint.« Er wedelte mit dem Brief herum. »Hier steht etwas von ›Krise‹, und die Herren im Ministerium gehen mit derlei Ausdrücken gewöhnlich sparsam um. Also …«

»Jetzt?«

Sie schaute sich um und sah, dass in diesem Moment ihr Alvis auf der Pier aufsetzte. Zwei Männer begannen, die schweren Persennings abzunehmen, die den Wagen auf der Reise geschützt hatten. Ein Stück des Lacks in British Racing Green blitzte im Sonnenlicht.

»Wir *wollten* doch zusammen zu unserem neuen Zuhause fahren, oder nicht? Die Laster bringen alles andere.«

»Na ja, rein theoretisch stehe ich immer noch – du weißt schon – im Dienste Seiner Majestät.«

»Ja, und du solltest dich in einigen Wochen melden. Aber auch dann nicht für einen Vollzeitposten.«

Harrys Blick wanderte nach rechts. Seine unglückliche Miene brachte Kat beinahe zum Nachgeben. *Beinahe.*

»Sag diesem charmanten Herrn, dass wir Dinge zu erledigen haben. Du kannst sie morgen treffen.«

Und nun tat Harry etwas, womit er stets ihre kleinen Meinungsverschiedenheiten beendete.

Er trat einen Schritt auf sie zu, lächelte verhalten, aber äußerst warmherzig – *genau wie an dem Silvesterabend in der britischen Botschaft in Kairo, als wir uns kennengelernt haben.* Und er legte eine Hand auf ihre Schulter.

Für einen Moment gab es nur sie beide auf der Pier.

»Ich weiß. Aber was, wenn es um dich ginge? Zurück in New York? Irgendein Bursche vom Ministerium?« Er stockte, die Hand nach wie vor auf ihrer Schulter – und Kat wusste, wie es ausgehen würde. »Was würdest du tun? Was *könntest* du tun?«

Und langsam erwiderte sie sein Lächeln, während sie auf seine Hand an ihrer Schulter klopfte.

»Schon okay, Harry. Ich verstehe es. Die Pflicht ruft.«

»Genau. König und Vaterland. Da steht es uns nicht zu, nach dem Warum zu fragen. Und keine Sorge, wir nehmen die Limousine in die Stadt, und ich lasse uns von Alfie wieder herfahren, sobald die Besprechung zu Ende ist.«

Alfie musste noch jemand aus Harrys Leben sein, den sie bisher nicht kennengelernt hatte. Sein – wie hatte er ihn genannt? – »Offiziersbursche« während des Krieges.

Jemand der, wie Harry gesagt hatte, absolut loyal war und alles für ihn tun würde, sogar, ihnen ihr Londoner *Quartier* zu beschaffen.

»Höchstens ein paar Stunden, dann kommen wir gleich wieder her, holen *unseren* Wagen und fahren los. Mit ein bisschen Glück ist die Krise dann überstanden.«

Das war also Harrys Plan. Doch Kat hatte noch nie viel vom Herumsitzen und Warten gehalten. Nicht, wenn es etwas zu erledigen gab.

»Nein«, sagte sie lächelnd. »Ich habe eine bessere Idee.«

Nun war es an Harry, überrascht zu sein. »Hast du?«

Und Kat nickte.

2. Die Sussex Downs

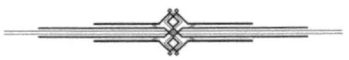

Harry kannte Kat gut genug, um zu wissen, dass sie durchaus ihre eigenen Vorstellungen von den meisten Dingen hatte. Und ihr war jede Scheu fremd, sie zu äußern.

»Steig du in den Wagen, fahr nach London und geh in deine Besprechung«, sagte sie. »Löse die Krise.«

Er lachte. »Hier neigen wir dazu, uns Zeit zu lassen mit dem Regeln von Krisen.«

Er sah hinüber zu dem wartenden Fahrer, dann zu dem Lastwagen, der mit ihrem Gepäck beladen war und gerade losfuhr.

»Und ich«, sagte sie langsam, »fahre zu unserem neuen Heim.«

Das hätte ich ahnen müssen, dachte Harry. Der Alvis ... »Ja, ähm ... gut. Aber es ist Folgendes, Kat ...« Sie sah ihn mit ihren unglaublich blauen Augen an. »Die Straßen hier sind teuflisch«, sagte er. »Höllisch eng, verstehst du? Und hin und wieder haben wir diese vertrackten Tunnel – und Eisenbahnbrücken, weißt du? Nur eine Spur und mit Gegenverkehr. Man riskiert Kopf und Kragen ...«

Kat legte eine Hand auf seinen Arm. Und mit dieser Berührung hatte er die Diskussion schon verloren.

»*Harry*, ich bin auf Landstraßen rund um Kairo,

Istanbul und Rom gefahren. Ich denke, ich werde mit euren Straßen hier zurechtkommen. Die Karte ist im Handschuhfach, stimmt's?«

Er nickte, fand allerdings, es wäre einen letzten Versuch wert. »Und wir fahren auf der linken Seite. Bist du jemals links gefahren?«

»Links, rechts, ist doch alles dasselbe, nicht wahr? Ich finde zum Haus. Und ich sorge dafür, dass alles richtig ausgeladen und eingeräumt wird. Vielleicht lerne ich sogar diese Haushälterin kennen, von der du so viel erzählst.«

»Die liebe Maggie. Du wirst sie mögen.«

»Sicher, das werde ich. Also ist es entschieden.«

Für einen Moment stand Harry da. Er hatte hin und wieder verirrte Amerikaner auf den hiesigen Straßen gesehen. Ein Furcht einflößender Anblick.

»A-aber auf dem Land sind die Hecken und, nun ja, es gibt ein gewisses Protokoll, wer wen vorlässt …«

»Protokoll? Mit Protokollen kenne ich mich aus.«

Nun kam sie näher an ihn heran und senkte die Stimme. Eine Stimme, die ihn an ihre erste Begegnung erinnerte. Als er sich verliebt hatte.

»Ich schaffe das.«

Harry nickte, denn offenbar war die Diskussion beendet. »Na schön, tja, ich gehe dann lieber, hm? Pass auf dich auf. Ich nehme den ersten Zug nach Mydworth, den ich bekomme, und ein Taxi vom Bahnhof. Hoffentlich bin ich nicht allzu lange nach der Cocktailstunde zu Hause.«

»Oh ja, das hoffe ich auch … Der erste Abend im neuen Heim. Ich hatte mich darauf gefreut.«

»Ich mich auch. Tja …« Er sah zu dem Alvis und zurück zu Kat. Und küsste sie. Ihn kümmerte nicht, wer es sah. »Na gut. Ich muss mich beeilen.« Mit diesen Worten drehte er sich um und eilte zu dem offiziellen Wagen, wo bereits die Tür für ihn geöffnet worden war.

Als er sich auf die Rückbank setzte, konnte er Kat lächelnd an der Pier stehen sehen.

Ein letztes Mal winkte er ihr zu, dann fuhr der Wagen von der Pier weg und in Richtung London.

Irgendwo zwischen Newhaven und Mydworth fuhr Kat an den Straßenrand, um zu verschnaufen. Sie hatte Harrys Warnungen entschieden zu wenig ernst genommen.

Zunächst war es wie immer aufregend gewesen, am Steuer des großen Wagens zu sitzen. Die Straßen waren ausreichend breit, die Sonne schien am blauen Himmel, und das Meer glitzerte, als sie die Küste entlang westlich in Richtung Brighton fuhr. Es herrschte kaum Verkehr, abgesehen von langsam tuckernden kleinen Wagen, Lieferfahrzeugen, Bussen und Pferdefuhrwerken.

Alle fuhren gelassen an ihr vorbei und hupten kurz zum Gruß.

Dann kam Brighton, die Promenade mit den eleganten Hotels und Villen auf der einen Seite. Dort drehten sich die Leute zum kehligen Röhren des Alvis-Rennmotors um.

Sie liebte es. Der Wagen machte Eindruck.

Dies war England. Das England, von dem sie als Kind gelesen und das sie in zahlreichen Filmen gesehen hatte. Und sie, Kat Reilly – Tochter eines Barbesitzers aus der Bronx – fuhr nun in einem glänzend grünen Sportwagen durch die berühmten Orte wie ein Filmstar, mit Sonnenbrille und dem fliegenden Haar im warmen Wind.

Kat Reilly!

Bin ich noch Kat Reilly? Oder höre ich jetzt auf den Namen … Lady Mortimer? In der heutigen Zeit? Hm …

Darüber sollten sie sich später unterhalten. Vielleicht nach den Cocktails.

Dann aber, als sie ein wenig schneller als angemessen durch einen gemauerten Tunnel fuhr, hätte sie um ein Haar den Kühler des Sportwagens in den eines entgegenkommenden Busses gerammt. Der Fahrer funkelte sie erbost an, als er mit quietschenden Reifen auswich und sehr dicht an ihr vorbeisauste. Der kostbare Alvis war nur noch Zentimeter von der Mauer entfernt gewesen.

Mit klopfendem Herzen war Kat danach strikt auf der linken Seite geblieben. Hinter ihr hatte der Bus dichten Qualm ausgestoßen, und die Fahrgäste hatten sich zu ihr umgedreht. *Ist der Wagen womöglich ein noch selteneres Phänomen als eine Frau am Steuer?*

Nun, dachte sie beim Blick über ein Weizenfeld in der spätnachmittäglichen Sonne, eine Lektion habe ich schon mal gelernt: Eisenbahnbrücken in England *können* heikel sein.

Dann löste sie die Handbremse, trat aufs Gaspedal, schwang das Lenkrad herum und bog zurück auf die Straße. Im Rückspiegel saß sie Staubwolken, die von den hinteren Reifen aufstoben.

Harry schaute zum Parlamentsgebäude, als der Wagen über die Westminster Bridge glitt. Big Ben schlug eben fünf Uhr. Wie Kat sagen würde, »*eine höllische Zeit für eine Besprechung*«. Auf den Straßen wimmelte es bereits von Büroangestellten und Geschäftsleuten, die auf dem Weg nach Hause und ins Wochenende waren.

Harry war schon seit ein paar Jahren nicht mehr in London gewesen – sein Posten in Kairo war immer wieder um sechs Monate verlängert worden.

Und jetzt, als er die Busse mit den offenen Oberdecks sah, die sich zwischen den Taxis, Automobilen,

Lastwagen, Motorrädern und Pferdefuhrwerken zum Parliament Square drängten, empfand er ein wohliges Kribbeln, weil er wieder Teil des Gewusels war.

Es gab viele großartige Städte auf der Welt, doch keine (bisher!) war so aufregend wie London. Zeitungsjungen riefen die Abendausgabe der *Post* aus. Ein alter Soldat spielte auf einer Zigeunergeige, seine Kappe umgedreht vor sich auf dem Pflaster. Ein Botenjunge sprang auf die hintere Plattform eines vorbeifahrenden Busses. Eine Gruppe kichernder Mädchen kaufte Eiskrem an einem Straßenkarren.

Wie er diese Stadt liebte!

Er konnte es nicht abwarten, sie seiner frisch angetrauten Frau zu zeigen – den ganzen hektischen Spaß hier, die Bars, Klubs, Restaurants, Theater, Cafés, die Oper, die Tanzveranstaltungen …

Kat würde das alles genauso lieben, das wusste er.

Und hatten sie sich erst in Mydworth eingelebt, würde er mit ihr herreisen und eine ganze Woche an seinem kleinen Wohnsitz in Bloomsbury verweilen, einige Partys besuchen und das Beste aus seinem neuen Leben des Teilzeitmüßiggangs machen.

Mit London und Mydworth hatten Kat und er das Beste zweier Welten gewonnen. Perfekt!

»Sir«, sagte der Fahrer – und Harry erkannte, dass sie in der King William Street angekommen waren, dem Haupteingang zum Außenministerium. Auch hier bewegte sich bereits ein steter Strom von Büroangestellten nach Hause.

Harry stieg flink aus. Zum Abschied nickte er dem Fahrer zu und blickte dem wegfahrenden Wagen nach, während er sich Jackett und Krawatte richtete. Beides war nicht so streng wie seine übliche Bürokleidung gehalten, aber damit mussten sie sich hier eben abfinden.

Er drehte sich um und schaute an dem enormen Gebäude nach oben, das sich von der Parliament Street bis zur Horse Guards Parade erstreckte.

Das Parlament und Downing Street konnte man vergessen … Dies hier war die *wahre* Schaltzentrale des British Empire.

Und nun, rein theoretisch, für die nächsten Jahre sein Arbeitsplatz.

Er stieg die Stufen hinauf, in entgegengesetzter Richtung zu den herausschwärmenden Angestellten, und grinste einem bekannten Polizisten zu, der am Eingang Wache hielt, die Hände auf dem Rücken verschränkt.

»Guten Abend, Arthur!«

»Sir Harry! Wie schön, Sie wieder bei uns zu sehen!«

»Ja, es ist wunderbar, zurück zu sein.« Abermals betrachtete Harry das Gebäude. »Dies hier hat mir fürwahr gefehlt. Und wie geht es Marjory und den Sprösslingen?«

»Ich kann nicht klagen, Sir.« Er schmunzelte. »Jedenfalls nicht zu sehr! Die Kleinen halten mich jung.«

»Oh ja, das tun sie gewiss.« Harry lächelte und ging durch die Drehtür in die prächtige Eingangshalle.

Mit ein wenig Glück, dachte er, bin ich um halb sieben hier raus, erwische den Sieben-Uhr-Zug von Victoria aus und bin um acht in Mydworth. Dann gibt es Gin-Tonics mit Kat im Garten des Dower House – dem kleineren Landhaus ganz nahe beim Herrenhaus der Familie, Mydworth Manor.

Kat musste gestehen, dass sie sich hoffnungslos verfahren hatte.

Die Straße, die sie genommen hatte, hatte sich in ausschweifenden Kurven immer höher in die dunkel bewaldeten Hügel gewunden, bis schließlich Lücken zwischen den Bäumen aufgetaucht waren und ein schwindelerregendes Plateau von hohem, fruchtbarem Farmland freigegeben hatten. Das Meer war ungefähr dreißig Meilen weit weg – ein Silberstreif in der Ferne.

Doch irgendwie war es falsch. Dies war auf keinen Fall die Strecke nach Mydworth.

Sie fuhr an den Straßenrand, schaltete den Motor aus und saß in der wohlig warmen Stille. Vorübergehend vergaß sie die Fahrt, die vor ihr lag, und ließ sich ganz von der englischen Landschaft einnehmen. Nur für ein paar Minuten, dachte sie.

Ihr fielen die Augen zu.

Hoppla, Kat, wach auf!

Sie schüttelte den Kopf und stieg aus dem Auto. Dann nahm sie die Karte vom Vordersitz und breitete sie vollständig auf der niedrigen Motorhaube aus, um zu ergründen, wie sie fahren musste.

Nach Mydworth konnten es nicht mehr als zehn Meilen sein, oder? Leider sahen die Straßen auf der Karte eher wie verdrehte Maschen in einem schlecht gestrickten Pullover aus, der sich aufzuribbeln begann.

Auf einmal hörte sie ein Grollen. Irgendeine Maschine.

Sie blickte von der Karte auf in die Nachmittagssonne. Für ein Land, von dem sie gehört hatte, es wäre ständig bewölkt und trübe, war der Himmel erstaunlich blau. Recht schön.

Die »grollende« Maschine kam in Sicht. Sie tauchte aus einem Feld mit hohem Weizen auf, nur wenige Meter von Kat entfernt.

Ein alter Traktor, rot mit rostiger, abblätternder Farbe. Er zog einen Holzkarren, in dem ein Schäferhund stand und über die Kante spähte. Der Traktor stieß graue Rauchwolken gen Himmel, und als er näher kam, nickte der Fahrer Kat zum Gruß zu.

Sie lächelte dem Mann mit der Mütze, dem Stoppelbart und der zweifelnden Miene zu. »Verzeihung, aber, ähm, ich frage mich …« Sie wies zu der Karte. Es war schwierig, sich über den Motorlärm verständlich zu machen. Lauter sagte sie: »Können Sie mir vielleicht … ähm … erklären …« Erneut zeigte sie auf die Karte und wurde noch lauter. »Ich will nach Mydworth!«

Der Mann, der sehr hoch über ihr saß, verlangsamte den bereits kriechenden Traktor, bis er stehen blieb. Dann schaltete er den Motor mit einem pfeifenden Keuchen aus.

»Amerikanerin, was?«, fragte er. »Was machen Sie denn hier?«

»Äh, ja, Amerikanerin, und was ich hier mache, ist … Ich versuche, nach Mydworth zu gelangen.«

»Mydworth?«, fragte er, als hätte er noch nie davon gehört. »*Mydworth?*«

Typisch, dachte Kat. Ich gerate an einen Mann, der noch nie seine Farm verlassen hat.

Sie wartete, während er sie musterte.

»Ist es weit?«, fragte sie. »Wenn Sie mir nur zeigen könnten …«

»Weit? Nein, ist nicht weit.« Der Mann schnaubte und blickte sich nach seinem Hund um, als wollte er sich vergewissern, dass der ihrer Unterhaltung folgte. »Aber Sie fahren in die falsche Richtung, so viel steht fest.«

Nicht gerade der hilfreichste Einheimische, den ich jemals getroffen habe, konstatierte Kat.

Dann jedoch kletterte er von seinem Traktor, bedeutete ihr mit einem Kopfnicken, ihm zu folgen, und ging auf die andere Straßenseite. Kat schaute zu dem Hund, der beschlossen hatte zu schlafen, und ging dem Farmer hinterher.

Er blieb am Straßenrand stehen und wies mit ausgestrecktem Arm über ein Weizenfeld zu einem Tal, das nur eine halbe Meile weit weg lag.

»Sehen Sie das da?«, fragte er. »Das ist Mydworth.«

Kat folgte seinem Arm mit ihrem Blick und sah hinunter ins Tal. Dort, zwischen sanften Hügeln, lag ein klassischer englischer Ort. *Wie aus dem Bilderbuch.*

»Das könnten Sie in fünf Minuten zu Fuß schaffen«, sagte er. »Wäre da nicht Ihr Automobil, was?«

Sie betrachtete den kleinen Ort: eine Ansammlung von Häusern und Straßen, ein paar Kirchtürme und in den Wiesen am Rand einige prächtige Herrenhäuser. Ein Fluss mäanderte träge hinunter ins Tal.

Etwa eine halbe Meile von der Ortsmitte gab es einen Bahnhof, aus dem in diesem Moment ein Zug in Richtung Hügel ratterte und dabei Dampf- und Rauchwolken in die Höhe schickte.

Das also ist Mydworth, dachte sie. Mein neues Zuhause.

Und plötzlich machte es ihr gar nichts mehr aus, dass sie sich verfahren hatte.

3. Willkommen in Mydworth

Harry sah den langen Konferenztisch hinab. Die Luft war von Zigarren verqualmt. Zwanzig oder mehr Außenpolitik-Experten jedweder Couleur waren hier, die Mienen ausnahmslos streng, die Stimmung gedämpft.

Das Durchschnittsalter ist mindestens fünfzig, dachte er. Womit ich der Jüngste im Raum wäre!

Am anderen Tischende las einer der Fernost-Handelsexperten laut aus einer Analyse der Kautschuk-Exporte und britischen Investitionstrends der letzten zehn Jahre vor.

Ist das ihr Ernst? Das soll dringend sein?

Würde sein Arbeitstag von nun an so aussehen? Endlose, langweilige Politikbesprechungen in fensterlosen, verqualmten Räumen?

Das will ich nicht hoffen! Falls doch, schmeiße ich das Ganze gleich wieder hin!

Verstohlen blickte er zu seiner Rolex Oyster. Beinahe sechs Uhr. Diese »Krisensitzung« ging jetzt schon seit einer Stunde, und bisher hatte er keine Ahnung, warum er hergebeten worden war.

Anscheinend gab es Gerüchte über einen kommunistischen Aufstand in Malaysia. Falls sie stimmten, würden die britischen Investitionen in der Gegend schnell in sich zusammenfallen, und es könnte Millionenverluste geben.

26

So, wie es aussah, gingen an der Börse bereits Gerüchte von einem Notfall um.

Doch Harry war Nahostexperte. Das Einzige, was er über Kautschuk oder Gummi wusste, war, dass sein geliebter Alvis mit Michelin-Reifen fuhr.

Was hat all dies mit mir zu tun, dachte er.

Er sah hinüber zu Sir Carlton Sinclair, dem Vorsitzenden – und Harrys Chef. Carlton bemerkte seinen fragenden Blick und hüstelte laut.

»Verzeihen Sie, Gentlemen, ich fürchte, Mortimer und ich haben eine weitere Besprechung in zehn Minuten. Daher müssen wir Sie bald verlassen.«

Harry nahm ein winziges Flackern in Carltons Augen wahr.

Noch eine Besprechung? Davon hat Carlton nichts erwähnt.

Doch auf einmal kam Harry der Gedanke, dass der wahre Grund, weshalb er nach London zitiert worden war, bald enthüllt werden würde.

»Sir Harry ist kürzlich aus Kairo zurückgekehrt, wo er – unter anderem – die Aufgabe hatte, ähm, nationalistische und kommunistische Vereinigungen im Auge zu behalten. Ich habe ihn in der Hoffnung hergebeten, dass wir alle von seiner Erfahrung profitieren können, auch wenn er sie in anderen Gefilden sammelte. Sir Harry, ich glaube, Sie haben eine kurze Vergleichsanalyse angefertigt ...«

Oh nein, habe ich nicht, dachte Harry. *Und das weißt du auch.*

»Vielleicht könnten Sie uns kurz aufklären, bevor wir zu unserer nächsten Besprechung eilen?«

Harry lächelte und hoffte, dass er auf die Weise einige Sekunden schinden konnte, um seine nicht existente Analyse vorzubereiten. »Natürlich, Sir Carlton – und ich danke Ihnen vielmals für Ihre einleitenden Worte.«

Er schlug sein Notizbuch auf einer Seite auf, die eng beschrieben war (ein Vergleich von forellenhaltigen Flüssen nahe Mydworth, die er Kat im Herbst zeigen wollte), und strich einmal mit dem Finger über das Geschriebene, als müsste er sich an die besonders wichtigen Punkte erinnern.

»Meine Herren, ich würde gern mit ein wenig Hintergrundinformationen beginnen, sofern ich darf. Ich bin 1925 als diplomatischer Attaché nach Kairo gekommen ...«

Kat fuhr langsam nach Mydworth hinein, wo das tiefe Brummen des Alvis in den engen Straßen hallte.

Die Bürgersteige waren beinahe leer, alle Läden geschlossen, die Rollos heruntergezogen und die Markisen eingeklappt.

Sie vermutete, dass die meisten Leute bereits zu Hause beim Abendessen saßen. *Dem Dinner? Oder wie heißt das hier drüben?*

Einige Automobile und hin und wieder ein Pferdekarren fuhren vorbei.

Sie gelangte zu einer kleinen Kreuzung. Nach links führte eine Kopfsteinpflasterstraße abwärts zu einem ferneren Flussufer.

Nach vorn verlief die Straße an einem Pub vorbei und verschwand hinter einer Biegung.

Beim Pub – dem King's Arms – standen die Türen weit offen, und einige Arbeiter tranken Pints, genossen eine Pfeife und beobachteten nun neugierig die Fremde in dem grünen Sportwagen.

Da muss ich mal mit Harry hin, dachte sie. Jetzt gerade wäre ein Ale oder was immer sie dort für ein Bier trinken, genau das Richtige.

Sie schaute nach rechts: ein Marktplatz, wie es aussah, umgeben von mehreren Läden – Café, Bäckerei, Zeitungsladen. In einer Ecke befand sich eine Wassertränke für Pferde, außerdem eine Wasserpumpe. Und am anderen Ende stand ein hohes Gebäude, fast so hoch wie die Kirchtürme. Eine Art Rathaus, vermutete Kat.

Sie hielt kurz an, denn auf der Straße war es ruhig. Draußen vor dem Pub war niemand. Nun kramte sie die handgezeichnete Skizze hervor, die Harry ihr vor rund einem Monat angefertigt hatte – wobei er nicht damit gerechnet hatte, dass Kat sie nutzen würde, um allein zu ihrem neuen Heim zu finden!

Danach legte sie den Gang ein, fuhr über den Platz und eine andere Kopfsteinpflasterstraße einen sanften Hügel hinauf. Auf der anderen Seite sah sie noch mehr Geschäfte. Sie stellten die Grundausstattung dar, die man für das hiesige Leben brauchte: Metzger, Bäcker, Schuster, Schmied, Fischhändler, Milchgeschäft …

Die Häuser waren zweigeschossig mit winzigen Fenstern im ersten Stock und teils ein bisschen schiefen Giebeln. Sie wirkten sehr mittelalterlich.

Oben kam noch eine Kreuzung. Geradeaus ging es zu einer großen Kirche mit Friedhof. Und an einer Ecke befand sich noch ein Pub *(natürlich).* Das Green Man sah ein wenig vornehmer aus. Die Eingangstür war breit genug, dass man mit einem Auto hineinfahren könnte, und es gab sogar ein Restaurant.

Noch ein Blick auf Harrys Mappe, dann bog sie nach links und gleich wieder rechts auf einen Feldweg, der hinten um die Kirche herum und einen kleinen Hügel hinauf aus dem Dorf führte.

Falls sie die Karte richtig gelesen hatte, ging es hier zum Dower House. Und mit ein wenig Glück hatte Harrys Haushälterin Maggie alles vorbereitet, die Betten gelüftet, vielleicht ein Feuer gemacht und Kaffee auf dem Herd.

Kat lächelte. Schon jetzt fühlte sie sich wie zu Hause.

Harry wich den frühen Theaterbesuchern auf der Victoria Street aus und rannte in Richtung Bahnhof.

In zwei Minuten fährt der Zug! Oh Gott!

Vorbei an den Bussen, der Reihe wartender Taxis und in den Bahnhof Victoria Station, wo es von Leuten wimmelte. Die Luft stand vor Dampf und Rauch, die Zeitungsverkäufer und Gepäckträger riefen laut, Zugräder kreischten und Loks pufften.

Harry suchte die Gleisnummer auf der Anzeigetafel raus und rannte wieder los, durch die Menge der Pendler, im Bogen um einen fülligen Gepäckträger herum und musste beinahe eine Hockwende über einen leeren Karren machen.

In dieser Situation zahlte sich aus, dass er jahrelang Rugby gespielt hatte.

Wieder schaute er zur Uhr. Eine Minute noch.

Mit dem Ticket in der Hand rannte Harry auf den Bahnsteig, als eben der Pfiff ertönte. Die großartige Dampflok zischte, ruckelte und setzte sich in Bewegung.

Harry raste den Bahnsteig entlang, griff nach der ersten Tür, die er erwischte, riss sie auf und sprang. Von drinnen packte ihn jemand und half ihm nach oben.

Und nun war er drin, zog die Tür an dem Lederriemen zu und schloss das Fenster, um den Rauch und Dampf auszusperren.

Geschafft!

Er blickte sich in dem Abteil um und quetschte sich in eine Lücke auf dem modrigen Polster, wobei er den anderen Fahrgästen und dem alten Mann neben sich zunickte, der ein Stück rückte, um ihm mehr Platz zu machen.

»Danke, alter Knabe!«, sagte er zu dem Pendler mit Melone, der ihn ins Abteil gezogen hatte.

»Das war ziemlich knapp«, antwortete der Mann, nahm die *Times* hervor und faltete sie sorgsam auseinander.

Ja, offensichtlich. Ich muss mich erst wieder an die Eigenarten meiner Landsleute gewöhnen. Ist eine Weile her, dachte Harry. »Meine Frau bringt mich um, wenn ich nicht zum Dinner zu Hause bin«, sagte er.

Wie oft hatte er diesen Satz als Junggeselle von anderen Männern gehört und doch nie geglaubt, er würde ihn eines Tages über die Lippen bringen!

Ich bin verheiratet. Ist das nicht interessant? Und auch noch mit einer Amerikanerin!

»Du liebe Güte, ja«, sagte der alte Mann neben Harry. »Es ist erstaunlich, wie wenige solcher Morde je vor Gericht kommen.«

Offensichtlich genoss der Mann es, seine Zeitung zu lesen und dabei hin und wieder Kommentare dazu zum Besten zu geben.

Die anderen Passagiere lachten höflich, und Harry lächelte ihnen zu – doch sie hatten die Nasen bereits wieder in ihren Abendblättern vergraben.

Er wandte sich zum Fenster, um den vertrauten Weg seiner Heimkehr zu verfolgen.

Der Zug fuhr jetzt über die Themse, vorbei an der Chelsea Bridge. Zur einen Seite war Battersea Park zu sehen, wo Familien entspannt die frühabendliche Sonne auskosteten. Zur Linken befand sich eine enorm große Baustelle – vermutlich das Fundament für Londons großartiges neues Kraftwerk.

Und während er all das Neue und das Alte auf sich wirken ließ, dachte er an Sir Carltons Worte in der kurzen Besprechung, die sie in seinem Büro abgehalten hatten.

Anscheinend hatte das Außenministerium eine Menge geplant, wie man Harry an seinen zwei bis drei Tagen wöchentlich einsetzen wollte.

»Keine öden Besprechungen, Harry. Ein Mann wie Sie ...
Ihre Talente und Fähigkeiten sollten bestmöglich genutzt werden.«

Und das Faszinierendste war folgender Satz gewesen: »Ich kann nicht genau sagen, was sich ergeben wird. Aber eines verspreche ich Ihnen: Sie werden sich nicht langweilen.«

Sir Carltons Worte waren, nun ja, recht erstaunlich gewesen.

Was würde sich wohl »ergeben«? Was für eine Arbeit? Zweifellos geheim, soweit Harry hatte entnehmen können. Und wichtig.

Und vielleicht, schätzte Harry, sogar gefährlich.

Kat stand da und betrachtete das Dower House.

Okay, dachte sie, es sieht ... sehr englisch aus.

Dichte Rankgewächse mit ausladendem Laub und lila Blüten zogen sich an den beiden kleinen Säulen seitlich vom Eingang und die Fassade hinauf bis zu den drei Fenstern im Obergeschoss. Unten befand sich zu beiden Seiten der großen Haustür je ein Fenster.

Indes gab es ein Problem. Die Läden waren ... sämtlich geschlossen. Das Haus war leer und verriegelt. Und an der Tür hing eine Nachricht: »Reisetruhen ins Depot gebracht. Neue Lieferung am Montag um acht Uhr.«

Folglich war der Lastwagen vor ihr hier gewesen, hatte niemanden angetroffen und war ins Wochenende entschwunden.

Wie nett.

Und was war mit Maggie Dingsda – Harrys »unglaublicher« Haushälterin? Sollte sie nicht nach der Reise von Kairo her mit einem Willkommensmahl bereitstehen? Zehn Tage mit Schiff und Automobil – und nicht einmal eine Tasse Kaffee zur Begrüßung?

Kat zuckte mit den Schultern.

Sinnlos, sich deswegen zu ereifern. Dumme Sachen passieren.

Vielleicht lag ein Missverständnis vor. Es könnte sein, dass das Telegramm mit den geänderten Reiseplänen, das Harry in Marseille aufgegeben hatte, die Haushälterin nicht erreicht hatte.

Kat trat einen Schritt zurück und sah auf ihre Uhr.

Hm – halb acht. Wann wurde es hier dunkel? Sie schaute hinauf zum Himmel, wo die Sonne beinahe untergegangen war.

Bald.

Ihre Außendienstausbildung übernahm die Regie: *Geh deine Möglichkeiten durch, prüfe sie und handle.*

Und was waren ihre Möglichkeiten?

Nummer eins: auf Harry warten. *Hm – kalt – und es könnte lange dauern.*

Nummer zwei: ein Hotelzimmer im Ort buchen. *Wäre möglich, hätte ich ein Hotel gesehen. Aber das habe ich nicht. Dennoch musste es hier eines geben, oder nicht?*

Nummer drei: Pub? Einige Drinks mit den Einheimischen nehmen und auf Harry warten. *Verlockend, aber wahrscheinlich nicht die Heimkehr, die Harry erwartete.*

Nummer vier: Harrys Tante in deren Haus aufsuchen und – tja – die Verwandtschaft kennenlernen!

Sie überlegte einen Moment. *Ja, auf jeden Fall!*

Nummer vier war doch offensichtlich. Wozu waren Verwandte da? Und wohnte Tante Lavinia – *Lady* Lavinia, erinnerte sie sich – nicht in einem prächtigen Herrenhaus gleich die Straße hinauf?

Kat nahm ihre zerknüllte Kartenzeichnung hervor, strich sie glatt und sah sie an.

Dort war ein Weg eingezeichnet, der von der Rückseite des Hauses über ein paar Felder direkt zur Haustür des »Mortimer-Landsitzes« führte, wie Harry es bezeichnet hatte.

Mydworth Manor.

Es klang wahrlich nach jener Art Haus, in dem eine Frau einen anständigen Drink und ein Essen bekommen konnte, wenn sie es brauchte, nicht wahr?

Und Kat brauchte eindeutig beides.

Sie nahm sich ihre Jacke von der Rückbank des Alvis und befestigte das Verdeck des Wagens, falls es Regen gab. *Denn regnete es nicht immerfort in England?*

Anschließend schrieb sie eine Nachricht für Harry und befestigte sie an der Haustür.

Eventuell war er in einer Stunde zurück, und sie konnten gemeinsam eine kleine Familienzusammenkunft mit Tante Lavinia abhalten. Harry würde die Hausschlüssel suchen, und anschließend könnten sie wieder herkommen und ein wenig schlafen.

Auf dem Weg durch den Garten blieb Kat kurz stehen, um an einem überaus üppigen Rosenstrauch zu riechen, bevor sie durch die niedliche kleine Gartenpforte schlüpfte und über eine große Weide wanderte.

Nach fünf Minuten hielt sie inne, zog erneut die Zeichnung hervor und studierte sie sorgfältig.

Sie hatte gedacht, dass das Herrenhaus inzwischen zu sehen wäre, doch Kat konnte nichts außer einer fernen Hügelkette ausmachen.

Was nichts bedeuten musste. Die Weide führte sanft bergan, also war das Mortimer-Anwesen vermutlich in dem Tal dahinter.

Tante Lavinia wird überrascht sein, mich zu sehen, dachte Kat in der einsetzenden Dämmerung.

Allerdings wusste sie auch, dass Überraschungen bisweilen nicht willkommen waren.

4. Ein Todesfall im Herrenhaus

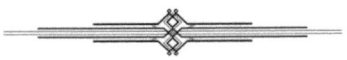

Harry knallte die Tür zum Abteil zu und beobachtete, wie der Zug langsam den Bahnhof von Mydworth verließ, hinaus in die Dunkelheit und in Richtung Küste.

Dann folgte Harry den anderen Pendlern am Kartenschalter vorbei und um das Gebäude herum zu dem winzigen Vorplatz, auf dem manchmal Taxis warteten.

Heute Abend jedoch war der Platz leer. Im Licht der einzigen Straßenlaterne schaute Harry auf seine Uhr.

Warten lohnte sich nicht. Am besten ging er zügig durch den Ort und nach Hause.

Es dürfte nur zwanzig Minuten dauern, sagte er sich und machte sich auf den Weg den Hügel hinauf.

Kat stieg über einen Zaun, rutschte aus und landete der Länge nach mit dem Gesicht im nassen Gras.

»Verdammt«, fluchte sie laut. »Verdammt, verdammt, verdammt!«

Dann stand sie auf und klopfte sich den Schmutz von ihrer kakifarbenen Hose und dem passenden Oberteil. Beides hatte sie ausgesucht, um den Stil eines ihrer großen Idole nachzuahmen – der fantastischen Amelia Earhart.

Nun jedoch war das Ensemble von Schlammflecken besudelt.

Ach, und wenn schon.

Eine halbe Stunde war sie bereits unterwegs – *so viel zu Harrys berühmten Zeichenkünsten*. Bisher hatte sie einen Bach überquert, eine Kuhherde weitläufig umrundet und in einer Hecke einen Schuh verloren. Ihr verbliebener Schuh, der nun schlammbedeckt war, nützte ihr wenig.

Ganz so hatte sie sich diesen Abend nicht vorgestellt.

Aber es kann nur noch besser werden, dachte sie und ging weiter über die Weide. Dabei gab sie acht, nicht in die Kuhfladen zu treten.

Zum Glück war ein Halbmond aufgegangen und spendete genug Licht, um genau das zu vermeiden.

Und dann hörte sie in der Ferne Musik – vertraute Musik.

Fats Waller!

Die Stimme hallte klar erkennbar über die Weide …
»Ain't Misbehavin'. Saving all my love for you.«

Außergewöhnlich! Fats höchstselbst, hier inmitten der englischen Idylle!

Kat lief dem Klang entgegen. Minuten später erreichte sie den Hügelkamm und sah – unten in dem Tal, nur ein paar Hundert Meter entfernt – ein großes Herrenhaus.

Daneben wirkte das Dower House wie eine Hütte.

»Wow!«, entfuhr es ihr – diesmal mit gesenkter Stimme –, als sie stehen blieb und den unerwarteten Anblick und die Klänge in sich aufnahm.

Das Haus duckte sich recht klobig und quadratisch hinter makellosen Rasenflächen mit klassischen Statuen – umgeben von Wald.

Kat konnte auch mindestens ein Dutzend Fenster in den oberen Stockwerken sehen, wo das Gemäuer von dichtem Efeu bewachsen war; einen prachtvollen Eingang mit leuchtenden Laternen sowie eine geschwungene Kiesauffahrt, die aus dem Wald kam und um einen Springbrunnen führte, auf dem sich ein Engel mit Pfeil und Bogen befand.

Und sogar von hier oben war zu erkennen, woher die Musik erklang: aus einem im Erdgeschoss gelegenen großen Wohnzimmer – oder wie immer sie es hier nannten –, das sich über die gesamte Seite des Hauses erstreckte und dessen Glasflügeltüren weit geöffnet waren. Etwa ein Dutzend Leute standen dort, alle in Abendgarderobe, plauderten und lachten. *Und trinken Cocktails!*

Die Musik verstummte kurz, bevor das Grammofon eine neue Schallplatte spielte. Es war ein Lied, das Harry und Kat in Kairo über alles geliebt hatten: *Let's Do It, Let's Fall in Love.*

Und das haben wir getan, dachte sie.

Auch wenn es ihrer Meinung nach weniger eine bewusste Entscheidung gewesen war als vielmehr ... unvermeidlich.

Oh ja, das trifft es eher. Ein aufgeregtes Kribbeln durchfuhr sie und machte die verrückte Wanderung über die matschigen Weiden wieder wett. *Der erste Abend in England, und wir gehen auf eine Party, Kat!*

Sie strich sich einen verirrten Strohhalm aus dem Haar und wischte sich die schmutzigen Hände an ihrer Jacke ab.

Hm, ich werde mir wohl etwas zum Anziehen ausleihen müssen. Und unbedingt ein Paar Schuhe.

Beschwingten, barfüßigen Schrittes lief sie den Hang hinunter auf das Haus zu.

Kat überquerte den schattigen Rasen von Mydworth Manor und beobachtete die elegant gekleideten Gäste, die höflich von dem Wohnzimmer in ein formelles Esszimmer geführt wurden: Hohe Fenster gaben den Blick auf eine lange Tafel mit blitzenden Kerzenleuchtern, Glas und Silber frei. Bedienstete standen bereit, das Dinner zu servieren.

Na, das ist doch mal was, dachte Kat.

Plötzlich wurde sie gewahr, dass sie in ihrem schmutzigen Aufzug eventuell nicht ganz so herzlich willkommen geheißen würde, wie sie es sich erhofft hatte.

Sollte sie lieber zum Dienstboteneingang gehen und jemanden um Hilfe bitten?

Ich will Tante Lavinia nicht erschrecken – oder ihre vornehmen Gäste!

Sie ging etwas näher zum Haus und versuchte, die Anlage des Anwesens einzuschätzen. Zu einer Seite des Hauses gab es ein Nebengebäude und, wie sie vermutete, Ställe – in der Dunkelheit konnte sie lediglich die Umrisse von Automobilen sehen, die in einer Reihe geparkt waren.

Als sie seitlich um das Herrenhaus herumging, auf der Suche nach dem Dienstboteneingang, blickte sie hinauf zu den Fenstern im oberen Stockwerk.

In einem von ihnen bemerkte sie etwas – einen Umriss und sich bewegende Schatten.

Es muss jemand sein, der zu spät zum Essen kommt. Wer es auch sein mag, sollte sich lieber beeilen, denn es duftet köstlich. Solch ein Mahl möchte man nicht versäumen!

Dann jedoch, während sie noch hinsah, erschien ein Mann am Fenster, dessen Umrisse vom Licht drinnen nachgezeichnet wurden. Kat beobachtete, wie er an den Fensterrahmen griff und sich hochstemmte!

Nun hörte sie durch das offene Fenster laute Stimmen aus besagtem Zimmer.

Was ist hier los?

Sie sah, wie der Mann sich umdrehte, als wollte er

aus dem Fenster klettern, und mit dem Fuß Halt in dem Efeu und dem Rankgitter suchte. Inzwischen kehrte er Kat den Rücken zu – eine Hand am Fensterrahmen, die andere nach dem Efeu ausgestreckt.

Ein schriller Schrei ertönte aus dem Zimmer, der durchdringende, Angst einflößende Schrei einer Frau.

Und dort, direkt am Fenster, blitzte ein Mündungsfeuer auf, während gleichzeitig ein Schuss ertönte – der hier im Garten sehr laut zu hören war.

Der Kletterer fiel rückwärts, als wäre er gestoßen worden. Sein Kopf kippte nach hinten, er fuchtelte mit den Armen, trat mit den Beinen in die Luft und brauchte ewig, bis er unten ankam. Kat wusste, dass er aus der Höhe sehr hart landen würde.

Mit einem entsetzlichen dumpfen Knall schlug er auf dem Boden auf.

Kat stand regungslos da, den Mund offen vor Schreck, und konnte eine Sekunde lang weder etwas sagen noch tun. Ein anderer Mann erschien an dem Fenster, einen Arm erhoben, einen Revolver in der Hand und …

Peng!

Der zweite Schuss wirkte irgendwie lauter – als hätte der erste die Welt verstummen lassen. Auch das Mündungsfeuer blitzte heller …

Peng!

Und nun ein dritter.

Kat fühlte mehr, als sie hörte, wie die Kugel nahe bei ihr durch die Luft sauste, und begriff, dass sie in der Schusslinie stand. Zum zweiten Mal an diesem Tag übernahm ihr Instinkt die Führung, und sie lief geduckt in die nächste Deckung: hinter ein milchig weißes Steinpodest, auf dem eine behelmte Figur mit einem Schwert in einer Hand und einem Kopf in der anderen stand.

Hinter dem Podest stolperte sie, fiel – und stieß grob mit der Schulter gegen jemanden, der daraufhin rückwärts gegen das Podest kippte und laut ausrief …

»Was zum Teufel …?«

»Harry?«, fragte sie, packte den vertrauten Arm und hörte, wie zwei weitere Schüsse abgefeuert wurden.

Peng! Peng!

Und ein Marmorfragment platzte über ihren Köpfen ab.

»Kat? Kann ich dich nicht einen Nachmittag allein lassen, ohne dass ein Krieg ausbricht?«

»*Den* hier habe ich nicht angefangen.«

»Freut mich. Ähm, hast du eine Ahnung, was hier los ist?«

»Nicht die geringste. Aber es ist ein Mann am Boden, dort drüben bei den Sträuchern. Er ist aus dem Fenster gestürzt.«

»Ein ungeladener Gast vielleicht? Übrigens habe ich deine Nachricht bekommen.«

»Ja, dachte ich mir.«

Peng!

Kat sah einen Grasklumpen von ihren Füßen in die Dunkelheit wirbeln. Prompt zog sie die Beine etwas weiter ein.

»Okay, ich komme ein bisschen zu spät zu dieser Party«, sagte Harry. »Nur aus reinem Interesse, der wievielte Schuss ist das?«

Kat überlegte eine Sekunde. »Der sechste, glaube ich.«

»Du *glaubst*?«

»Nein, ich bin mir sicher.«

»Gut«, sagte Harry. »Dem Klang nach ist es ein gewöhnlicher Webley-Revolver. Er muss nachladen.«

Kat beobachtete, wie ihr Mann sich aufrichtete und

seinen Anzug glatt strich, bevor er zum Fenster hinaufrief: »Sie da! Würden Sie das bitte lassen? Hier könnte jemand zu Schaden kommen.«

Peng!

»Ah«, sagte Kat verwirrt. »Entschuldige! *Das* muss der sechste gewesen sein.«

»Tja, zählen kann in solchen Momenten ein Problem sein.«

Auch Kat stand auf, schnappte sich ihren verbliebenen Schuh und blickte hinüber zum Haus. Dort brannten nun mehr Lichter als zuvor, und Leute scharten sich an den Fenstern unten. Überdies war Rufen und Schreien aus den oberen Zimmern zu hören.

»Harry, der Mann, der gestürzt ist …«, begann sie, wohl wissend, dass Sekunden über Leben und Tod entscheiden konnten. »Komm mit!«

Harry war ihr dicht auf den Fersen, als sie zum Haus lief.

Dort, in den Sträuchern und Blumen unter dem Fenster, aus dem die Schüsse abgegeben wurden, konnte sie einen dunklen Umriss sehen. Den Körper eines Mannes, auf dem Rücken liegend, regungslos. Die Gliedmaßen in unnatürlichen Winkeln abgespreizt.

Sie hockte sich neben ihn und griff auf der Suche nach einem Puls an seinen Hals. Seine Haut war noch warm, die Augen starrten blind nach oben. Ein junger Mann. Eine dunkle Locke hing ihm in die Stirn.

Harry stand neben Kat. »Spürst du was?«

Ich hasse es, wenn ich nichts tun kann. »Nein«, antwortete sie. »Er ist tot.«

5. Die Ankunft des Constable

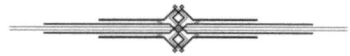

Kat trat zurück, und Harry hockte sich hin, um den Toten zu inspizieren.

»Ein recht tiefer Sturz«, sagte er, wobei er zum Fenster oben nickte. Dann neigte er behutsam den Kopf des Mannes, und die Haarlocke glitt zur Seite. »Aber ich denke nicht, dass der ihn getötet hat.«

Nun erkannte Kat eine Schusswunde an der Schläfe des Mannes. Das Blut schimmerte sogar im Dunkeln.

Als junge freiwillige Krankenschwester hatte sie 1918 in Frankreich genug Opfer gesehen, um zu wissen, dass solch eine Wunde so gut wie sicher tödlich war.

Sie spürte Harrys warme Hand an ihrem Arm, seinen Körper neben ihrem, und wusste, dass er verstand, was in ihr vorging. Sie beide hatten den Krieg miterlebt. Und in Momenten wie diesem kehrte die Erinnerung ohne Vorwarnung zurück, grausam und bildgewaltig.

Kat stand auf – Harrys Hand lag noch auf ihrer Schulter – und drehte sich um, als eine Frauenstimme laut die Stille durchschnitt.

»Gütiger Gott! Harry? Bist du das?«

Plötzlich schien aus der Dunkelheit ein Taschenlampenkegel auf Harry und Kat, und eine Gruppe von Gestalten eilte auf sie zu. »Hallo, Tante Lavinia«, sagte Harry, der seine Augen abschirmte.

Als der Lichtstrahl gesenkt wurde und sich die Gruppe näherte, sah Kat eine große, elegante Frau, deren bunter japanischer Seidenschal den Mondschein perfekt einfing.

Das ist also die berühmte Lady Lavinia, dachte Kat und musterte die Frau aufmerksam. Harry hatte ihr so viel von seiner Tante erzählt – jedoch nicht, *wie* umwerfend sie war.

Groß wie Harry und mit einer Art lässiger Trägheit in ihren Bewegungen.

Ihr Haar war dunkel und modisch kurz, mitsamt diesen kecken Locken, die man sonst nur bei jüngeren Frauen sah. Ihre Kleidung war elegant, und ihre Züge waren klar konturiert – hohe Wangenknochen und kaum Make-up.

Sie sieht aus wie … wie ein … Leopard, dachte Kat.

Abrupt blieb Lavinia stehen, sichtlich schockiert, Harry zu sehen, und umso mehr, die Leiche zu seinen Füßen zu entdecken. »Ach du meine Güte«, sagte sie und richtete den Lampenstrahl auf den Toten, ehe sie nach Harrys Hand griff, als bräuchte sie Halt. »Armer Junge. Ist er … *tot*?«

»Ich fürchte, ja«, antwortete Harry. »Kennst du ihn?«

Kat beobachtete, wie Tante Lavinia sich nach unten beugte und rasch wieder aufrichtete.

»Oh Gott, es ist Coates. Mein Fahrer.«

»Tut mir aufrichtig leid«, sagte Harry. »Hast du eine Ahnung, was geschehen ist?«

»Wir hörten einen Schuss. Wie es aussieht, denke ich, dass Cousin Reggie ihn erschossen hat«, sagte Lavinia, die zu dem nach wie vor erleuchteten Fenster oben blickte. »Aber warum? Ich kann es dir beim besten Willen nicht sagen.«

»Ich glaube, das weiß ich vielleicht«, entgegnete Harry. Nun zückte er ein Taschentuch, hockte sich neben die Leiche und griff in die Jackentasche des Mannes … um ein aufwendig gearbeitetes Diamantkollier hervorzuholen.

Als er wieder aufstand, glitzerte der Schmuck in dem Licht, das vom Haus herstrahlte. Kat hörte, wie die kleine Menge der Schaulustigen hinter ihr nach Luft rang.

»Wie außergewöhnlich«, sagte Lavinia.

»Es ist nicht alles.« Harry nickte zum Blumenbeet. Und jetzt konnte Kat sehen, wie sich Licht in anderen Schmuckstücken verfing, die auf der Erde verstreut lagen: einzelne Edelsteine, Armreife, Ringe …

Der Mann musste sie in der Hand gehabt haben, als er stürzte.

Kat bemerkte, wie Harry das Taschentuch um die Halskette faltete und in seine Hosentasche steckte. Dann zog er sein Jackett aus und legte es sanft über die Leiche.

Nach wenigen Sekunden richtete er sich erneut auf und drehte sich zu der kleinen Gruppe in Abendkleidung um, die sich nun dichter zusammendrängte.

»Wir können nichts für ihn tun«, sagte er und dirigierte Lavinias Gäste behutsam weg vom Schauplatz. »Ich schlage vor, dass wir alle zurück ins Haus gehen und die Polizei rufen.«

Kat beobachtete, wie sich Tante Lavinia und ihre Gäste umdrehten und zum hell erleuchteten Hauseingang gingen. Dann legte Harry den Arm um Kats Schultern, und sie folgten ihnen.

»Harry, ich habe wirklich sechs Schüsse gehört«, sagte Kat leise.

»Oh, ich glaube dir. Zahlen sind deine Stärke.«

»Seltsam, findest du nicht?«

»Sehr sogar. Nun nimmst du ein heißes Bad, danach

bekommst du einen Whisky, und wir reden, einverstanden? Doch zunächst …« Harry blickte zu der Menge, die ins Haus ging. »… behalten wir das für uns, hm?«

Kat nickte. Sie hatte dasselbe Gefühl.

»Mein lieber Harry«, sagte Lavinia, kaum dass die Gäste im Haus und nur noch sie drei draußen waren, wo sie auf die Polizei warteten. »Es ist eine Freude, dich wieder daheim zu haben. Aber was in aller Welt *tust* du im Garten?«

»Ach du meine Güte, hast du mein Telegramm nicht erhalten? Es wurde ziemlich langweilig in Marseille, deshalb habe ich den alten Alvis verladen lassen und Kurs nach England genommen, um …« Er stockte kurz und blinzelte noch ins grelle Licht. »… dir meine Frau vorzustellen.«

Lavinia drehte sich zu Kat um.

Dieser Blick … nicht überbordend freundlich, fand Kat.

Lag es an dem fehlenden Schuh? An dem Schlamm auf ihrer zerrissenen Kleidung?

Im hellen elektrischen Licht blickte Kat an sich hinunter. Rasch wechselte sie ihren Schuh von der rechten in die linke Hand und wischte sich über die Jacke.

»Freut mich sehr, Lady Lavinia«, sagte sie und hoffte, dass sie Harrys Tante korrekt angesprochen hatte. Sie streckte ihr die Hand hin.

Lavinia musterte sie skeptisch, als würde ihr ein nasser Fisch angeboten, nahm sie aber schließlich.

»Die Freude ist ganz meinerseits«, sagte Lavinia, obwohl Kat sich des Eindrucks nicht erwehren konnte, dass die Dame sich zu dieser »Freundlichkeit« zwingen musste.

Umso froher war Kat, dass sie von einer nahenden Glocke gerettet wurde.

Zu Hause in der Bronx bedeutete dieses Geräusch, dass der Eismann kam. Doch Kat wusste aus ihrer Zeit in Kairo, dass die britischen Polizeiwagen mit Glocken-, nicht mit Sirenenklang anrückten.

Sie stand neben Harry und beobachtete, wie sich die Automobilscheinwerfer durch die Bäume näherten und Schatten über den dunklen Rasen huschten.

»Nicht ganz die Heimkehr, die ich erwartet hatte«, raunte Harry leise, als Lavinia zur Seite trat, um mit einem Butler zu sprechen, der aus dem Haus gekommen war.

»Ich auch nicht«, sagte Kat.

»Übrigens gefällt mir dieser Stil sehr«, flüsterte er. »Du solltest häufiger Stroh tragen.«

Harry beobachtete, wie seine Tante dem Butler ruhig Anweisungen gab und danach wieder zu ihm kam.

»Harry, macht es dir etwas aus, mir hierbei zu helfen? Mit der Polizei und allem?«

Wie es klang, galt diese Bitte nicht seiner eben vorgestellten Braut. Doch er antwortete leise: »Selbstverständlich, Tante Lavinia. Am besten bleiben deine Gäste drinnen, solange wir uns um alles kümmern, nicht wahr?«

Er warf Kat einen Blick zu, der besagte: »*Wir*« *schließt dich mit ein, Kleines.*

Lavinia nickte. »Ich glaube – trotz der unglücklichen Ereignisse –, die verlängerte Cocktailstunde wird sie beschäftigt halten. Und es gibt ja nun keinen Mangel an Gesprächsstoff, sollte man meinen.«

Nach einem letzten Blick zu ihren Gästen, die untereinander tuschelten, als Benton sie mit einem frischen Tablett Drinks zurück ins Wohnzimmer führte, trat Lavinia vor zu dem Polizeiwagen, der schlitternd auf der Kieseinfahrt vor Mydworth Manor anhielt.

Zwei Officer stiegen aus dem Wagen und gingen mit angemessen ernster Miene auf Harrys Tante zu.

Einer von ihnen war eher groß und stattlich mit einem gepflegten Schnauzbart. Der andere – kleiner und erheblich dünner – trug eine Miniaturversion selbiger Oberlippenzier.

»Mylady«, sagte der Stattliche, »wir sind so schnell wie möglich gekommen.«

»Ja, sehr prompt, Sergeant.« Lavinia drehte sich zu Harry und Kat um, die nur einen Schritt hinter ihr waren. »Dies sind mein Neffe, Sir Harry Mortimer, und seine Frau, ähm, Lady Mortimer.«

Das kam ihr aber schwer über die Lippen, dachte Kat.

Der Sergeant starrte Kat an, sichtlich verblüfft ob ihres Aufzugs.

Wahrscheinlich hält er mich für die Gärtnerin.

Als er sich gefangen hatte, tippte er höflich an seine Mütze. »Sergeant Timms, Sir, und …«, ein vages Nicken zu dem anderen Officer, »… Constable Thomas.« Für einen Moment schienen alle unsicher, was genau sie als Nächstes tun sollten. »Nun denn, vielleicht sehen wir uns das Opfer an?«

Mit einem kurzen Blick zu Harry warf Lavinia ihm den Ball zu.

»Ähm, ja«, sagte er. »Hier entlang. Es ist kein schöner Anblick, fürchte ich.«

Kat folgte ihrem Mann, der die örtliche Polizei zu der Stelle führte, an der die Leiche lag.

Harry hob sein Jackett von der Leiche, und sowohl der Sergeant als auch der Constable richteten ihre Taschenlampen nach unten, wo sie den Strahl vom blutigen Kopf zu den Füßen und wieder zurückbewegten.

Sehr seltsam, dachte Kat, hier neben einem Toten zu stehen.

Abermals sagte keiner etwas.

»Und wer ist der Mann, Mylady?«

»Alfred Coates, mein Fahrer.«

Kat beobachtete, wie sich der Constable sichtlich neugierig vorbeugte. Dies könnte die erste Leiche sein, die er je gesehen hatte.

»Ihm wurde in den Kopf geschossen, Mylady«, sagte der Constable, während er sich wieder aufrichtete, als hätte er soeben eine sagenhafte Entdeckung gemacht.

»Anscheinend«, bestätigte Lavinia.

Sergeant Timms räusperte sich, nahm ein Notizbuch und einen Schreiber hervor und begann sich Notizen zu machen.

»Also ... Alfred Coates? Mit ›e‹, nehme ich an?«

Kat sah Tante Lavinia nicken. Der Polizist stellte offensichtlich ihre Geduld auf die Probe.

»Danke«, sagte Timms. Dann fuhr er fort: »Dem Anschein nach«, er wies zur Leiche, »ist schwer zu sagen, ob ihn der Schuss getötet hat oder der darauf folgende Sturz.«

Kat war versucht, ihm zu erklären, dass eine Kugel in den Kopf für gewöhnlich tödlich ist. Doch sie hielt den Mund.

»Wie dem auch sei«, sagte Lavinia und schwenkte die Hand zu dem Toten, »er ist *tot*, der arme Kerl. Und, nun ja, dies ist alles recht ungewohnt für mich. Was tun wir jetzt?«

Kat bemerkte, dass Harry, der sonst nie um Worte verlegen war, ziemlich still blieb. Dies war eine Seite von ihm, die er sonst nur bei der Arbeit zeigte, wie Kat wusste. Für ihn war das Leben eine große Tollerei, bis die Dinge ernst wurden. Dann jedoch – war er allem gewachsen.

»Wir rufen den Leichenbeschauer, Mylady. Falls es

sein muss, klingeln wir ihn aus dem Bett. Er soll sich um das hier kümmern. Ich, ähm, werde mit allen reden müssen, versteht sich. Ihren Gästen. Um herauszufinden, was passiert ist.«

Nun mischte sich Harry leise und direkt wieder in das Gespräch ein.

»Sie sind alle drinnen«, sagte er. »Einschließlich des Mannes, der ihn erschossen hat.«

»Ah, demnach haben Sie den Schuldigen bereits dingfest gemacht?«, fragte Constable Thomas.

»Ich würde Cousin Reggie kaum einen ›Schuldigen‹ nennen«, sagte Lavinia.

»Reggie?«, fragte Timms.

»Wenn ich dürfte«, sagte Harry. »Das, ähm, Opfer wurde von einem Gast meiner Tante erschossen, Lord Tamworth, als Coates anscheinend aus dem Fenster steigen wollte.« Er zeigte nach oben.

Timms nickte und machte sich mehr Notizen, während Harry weitersprach.

»Mit diesen Sachen bei sich.«

Hier holte Harry das Taschentuch hervor und faltete es auseinander, um das Diamantkollier zu zeigen.

»Das war in Coates' Jackentasche.«

Timms beäugte die Juwelen mit offenem Mund. »Gut.«

»Es ist noch mehr Schmuck um die Leiche herum verteilt«, sagte Harry. »Von dem Sturz.«

»Ja, das sehe ich.«

»Ich gehe davon aus, dass Sie hier jemanden zur Bewachung abstellen werden, Sergeant, nicht wahr?«

»Sir?«, fragte Timms abwesend. »Ah, ja, natürlich. Damit über Nacht nichts angerührt wird.« Er nickte Constable Thomas zu. »Zuerst müssen wir Fragen stellen ... ähm ... die Namen aufnehmen ...«

Kat hatte den Eindruck, dass der Sergeant sich den Ablauf in diesem Moment gerade erst ausdachte.

Lavinia machte einen Schritt auf den Mann zu. »Oh, ich danke Ihnen, Sergeant. Es ist eine abscheuliche Angelegenheit. Äußerst verstörend für alle. Aber ich verstehe vollkommen, dass Sie tun, was Sie tun müssen.«

»Vielen Dank, Mylady! Ich muss selbstverständlich noch den genauen Tathergang ermitteln. Wie es dazu kam, dass Ihr Fahrer … ähm … aus dem Fenster oben fiel. Und warum es … ähm … für nötig erachtet wurde, ihn zu erschießen. Constable Thomas und ich werden zunächst zu unserem Funkgerät im Automobil gehen und, wie ich schon sagte …«

»Ich weiß. Der Leichenbeschauer.«

Lavinia ging hinüber zu Harry und Kat und wies zu den breiten Eingangsstufen des Herrenhauses.

»Wollen wir?«

Und während die beiden Polizisten zu ihrem Wagen eilten, dessen grelle Scheinwerfer noch brannten, kehrte Lavinia mit Harry und Kat ins Haus zurück.

Zum ersten Mal übertrat Kat die Schwelle von Mydworth Manor und nahm die staunenswerte Einrichtung in sich auf. Schwarz-weiße Fliesen erstreckten sich über sechs bis neun Meter in jede Richtung. Oben an der Decke hing ein prachtvoller Kronleuchter, in dem elektrisches Licht funkelte.

Und weiter vorn schwangen sich zwei Treppen mit polierten Handläufen hinauf zu einer Galerie und wer weiß wie vielen Korridoren zu den oberen Zimmern.

An den Wänden hingen Porträts der Ahnen. Bei einigen erkannte Kat eine gewisse Ähnlichkeit mit Harry auf Anhieb – die gleichen dunklen, eindringlichen Augen.

Ein junges Dienstmädchen stand unten an der Treppe.

Kat sah, dass das Mädchen geweint hatte – die Augen waren gerötet und blutunterlaufen. Sie beobachtete, wie Lavinia auf das Mädchen zuging, leise einige Worte mit ihm sprach und ihm dann ihren Schal gab. Das Mädchen nickte, lächelte matt und schlüpfte durch eine Tür, von der Kat annahm, dass sie nach unten führte.

Vor Jahren hatte Kat selbst in Manhattan bei einer wohlhabenden New Yorker Familie gearbeitet.

Sie konnte sich vorstellen, welch ein Schock der plötzliche, gewaltsame Tod eines Mitbediensteten für das Personal war.

»Harry«, sagte Lavinia, als sie sich zurück zu ihnen wandte, und berührte sein Handgelenk. »Behalte bitte Sergeant Timms im Blick, ja? Wir sollten wissen, was er in Erfahrung bringt.«

»Sehr gern, Tante Lavinia.« Harry nickte. »Und Kat passt natürlich auch mit auf.«

Kat sah, wie Lavinias Augen größer wurden – als hätte Harry vorgeschlagen, dass sie sich alle nackt auszogen und im Springbrunnen tanzten.

Na, das wäre doch eine Idee, dachte sie.

»*Ihr beide?*«, fragte Lavinia. »Ich meine, hältst du das für angemessen?«

»Durchaus«, antwortete Harry grinsend. »Ach, und übrigens, da das Dower House abgesperrt ist und unser Gepäck nicht vor Montag ankommt, mangelt es uns an einem Bett für die Nacht ...«

»Natürlich! Ich lasse die Haushälterin ein Zimmer herrichten für dich und ...«

Ach, sie ist ratlos, dachte Kat. Wie wird sie mich wohl nennen?

»... deine ... Frau. Und Wechselgarderobe vielleicht?«

Das wird nicht leicht!

Lady Lavinia liebte Harry eindeutig, und Kat wusste, dass Harry genauso für sie empfand.

Nun wird meine Aufgabe darin bestehen, mich irgendwie hier einzufügen. Andererseits ... Ich habe Herausforderungen ja schon immer gemocht.

Kat übernahm es, darauf zu antworten. »Vielen Dank, Lady Lavinia! Das ist sehr freundlich.«

Lavinia entgegnete todernst: »Es ist mir ein dringender Wunsch. Und, bitte«, hier blickte sie Harry kurz an, »nennen Sie mich Lavinia.«

Nun ist es so weit. »Ich bin Kat. Die Kurzform von Katherine.«

»Wie schrecklich ... *modern* ... Ah, Sergeant Timms«, sagte Lavinia, wandte sich von den beiden ab und schwebte über den Marmorboden zur Haustür, wo der Polizist wieder erschien.

Kat beobachtete, wie er sich die Schuhe an der Fußmatte sauber machte, ehe er seine Mütze abnahm und sie vorsichtig auf einen kleinen Tisch legte.

Wahrscheinlich nicht die Sorte Haus, die er in seinem Beruf häufiger betritt.

»Die Gäste sind gleich hier, Sergeant«, sagte Lavinia und zeigte zu einer Doppeltür, die Benton weit geöffnet hatte. Dann gingen alle in den großen Salon, aus dem ihnen Stimmengewirr und das Klimpern von Eiswürfeln in Gläsern entgegenkam.

6. Der Schütze

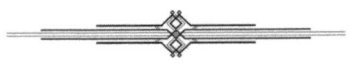

Harry wartete, während seine Tante zu ihrem Butler ging, um alles zu arrangieren.

Die Gäste standen in einer kleinen Gruppe am anderen Ende des ausladenden Raumes zusammen – und sprachen zweifellos über die ungewöhnlichen Ereignisse des Abends. Harry erwiderte das dezente Nicken von einen oder zweien, obwohl er keines der Gesichter wiedererkannte. Von hier waren diese Leute nicht. Gewiss Londoner Freunde von Tante Lavinia, dachte er. *So viel zu einem friedlichen Wochenende auf dem Lande.*

Bevor er zu dem Sergeant ging, sagte er zu Kat: »Zumindest haben wir einen Schlafplatz für heute Nacht, hm?« Kat lächelte. *Sie erträgt all das hier mit Fassung.* »Auch wenn es nicht *ganz* der gemütliche Abend ist, den ich im Sinn hatte«, ergänzte Harry.

»Nein. Und eindeutig nicht – wie war das Wort noch gleich? – das ›beschauliche‹ alte England, das ich mir vorgestellt hatte.«

»Ah, nun … Du wirst feststellen, dass Beschaulichkeit nie ins Spiel kommt, wenn es um meine Tante geht.«

»Ich glaube, sie mag mich nicht.«

»Tja, wahrscheinlich nicht. Noch nicht. Sie ist durch und durch Engländerin. Hier drüben braucht man eine Zeit, um Leute zu mögen. Und sie hat dich ja eben erst kennengelernt, nicht? Aber ich denke, mit der Zeit wirst du erkennen, dass du mehr mit ihr gemein hast, als du glaubst.«

Er sah, dass Kat zu dem Sergeant zeigte, der ein kleines schwarzes Notizbuch aus seiner hinteren Tasche zog.

»Wie es aussieht, beginnt jetzt die ›Ermittlung‹«, sagte sie. »Und wir trotten einfach mit ihm mit, richtig?«

Harry nickte. Nun sprach der Sergeant nochmals mit Tante Lavinia, die auf ein Paar zeigte, das dicht nebeneinander auf einem aufwendig gearbeiteten kleinen Sofa aus rotem Brokat mit Goldverzierungen saß, welche die funkelnden Lichter des Kronleuchters einfingen.

Der Sergeant bejahte stumm und ging langsam auf die beiden zu. Das Paar hielt sich bei den Händen, saß vorgebeugt da und wirkte wie in Schockstarre.

Harry wusste, wer sie waren, obwohl er ihnen nur einmal vor langer Zeit bei einem Familienbegräbnis begegnet war: Cousin Reggie und seine Frau Claudia. Lord und Lady Tamworth. Er nickte Kat kaum merklich zu, und sie schlenderten – wie aus rein beiläufiger Neugier – in Richtung des Paares, das erst jetzt zu dem korpulenten Sergeant direkt vor ihnen aufblickte.

Sergeant Timms schien es nicht zu stören, dass Harry und sie dicht hinter ihm gingen und auch Lavinia ganz in der Nähe war.

»Ähm, Lord und Lady Tamworth?«, fragte Timms. »Eine furchtbare Sache, was da passiert ist. Ich muss Sie leider bitten, mir noch heute Abend einige Fragen zu beantworten, wenn Sie gestatten.«

Kat sah sich die Frau an – Lady Tamworth – sehnig, groß mit modisch kurzem, dunklem Haar. Ihre Augen waren weit aufgerissen vor Entsetzen ob dessen, was immer sie gesehen haben mochte. Allerdings schaute sie zu ihrem Mann, Lord Tamworth, damit *er* antwortete.

Äußerlich war er nicht auf Augenhöhe mit ihr. Auf dem kleinen Sofa sitzend wirkte Reggie eher klein. Aber seine Augen waren riesig, als stünde er ebenfalls noch unter Schock.

Es kommt ja nicht jeden Tag vor, dass man einen Mann erschießt, der aus dem eigenen Schlafzimmerfenster klettert.

»Natürlich«, sagte Reggie. »Selbstverständlich.«

»Ähm, vielleicht können Sie mir erzählen, was genau heute Abend geschehen ist?«

»Sergeant, ja, nun, es war kurz vor dem Dinner. Wir nahmen alle Drinks, hier unten. Es muss gegen Viertel vor acht gewesen sein. Irgendwann sagte meine Frau mir, dass sie noch mal rauf in unser Zimmer müsse.«

»Eigentlich gab es keinen wirklichen Grund«, sagte Claudia, »aber wäre ich nicht nach oben gegangen ...«

Lord Tamworth tätschelte rasch ihre Hand. »Ist schon gut.« Dann sah er den Polizisten wieder an. »Ich habe mich weiter mit Leuten unterhalten – Sie wissen schon. Lady Lavinias Freunde sind wahrlich anständige Leute. Alle hatten einen famosen Abend, nichts Außergewöhnliches. Jedenfalls sagte Benton, das Dinner wäre bereit, und, nun ja, ich bemerkte, dass Claudia noch nicht zurück war, also bin ich schnell nach oben, um nachzusehen, ob alles in Ordnung ist ...«

Kat sah, dass Lord Tamworth wartete, während Sergeant Timms eifrig mitschrieb.

»Jedenfalls ... Sobald ich mich dem Zimmer näherte, vernahm ich Stimmen – ziemlich böse Stimmen.«

»Böse?«, fragte Timms.

»Hässlich. Drohend. Ich stieß unsere Zimmertür auf – aber da war niemand. Die Stimmen kamen aus der Ankleide nebenan. Und die Tür war geschlossen, verstehen Sie?«

»Ja«, sagte Timms. »Ich verstehe.«

»Ich habe gleich erkannt, dass etwas Übles vor sich geht. Also habe ich den alten Armee-Revolver aus meinem Koffer gezogen, die Tür zur Ankleide geöffnet …«

Kat bemerkte, dass inzwischen alle verstummt waren. Sie konnte die Gästegruppe auf der anderen Seite des Raumes sehen – Gläser in den Händen, große Augen und aufmerksam der dramatischen Erzählung lauschend.

»Und was genau haben Sie gesehen, Sir?«

»Ein ziemlich furchtbarer Anblick, kann ich Ihnen sagen! Claudia lag auf dem Boden, weinte sich die Augen aus. Sie war in einer schrecklichen Verfassung! Und zwei Männer in dem Raum! Der eine noch am Schmuckkasten meiner Frau, der andere, ein großer dunkelhaariger Bursche, floh schon durchs Fenster! Ich habe ihn nur sehr flüchtig gesehen.«

»Und beide Männer raubten Sie aus? War das Ihre Vermutung?«

Timms mag offensichtliche Fragen, dachte Kat.

»Na, was denken Sie denn, Mann? Selbstverständlich haben die uns ausgeraubt! Der Bursche hatte ein Schmuckkästchen mit Juwelen von meiner Frau in der Hand«, fuhr Tamworth fort. »Deshalb habe ich den alten Webley auf den Burschen gerichtet und ihn angeschrien: *Hände hoch, oder ich schieße!* Etwas in der Art. An die exakten Worte erinnere ich mich nicht.«

Kat fühlte, wie Harry ein wenig näher rückte. Und sie dachte: Mein Mann will sich der Party anschließen.

»Ähm, Cousin Reggie. Ist eine Weile her, hm? Oh, dies ist meine Frau. Kat.«

Nun blickten Reggie und seine Frau zu ihnen beiden auf, erst recht verwirrt.

»Was? Ah, ja, Harry. Stimmt. Ich hatte gehört, dass du in Nahost bist, mein Junge. Gerade zurück? Da hast du dir ja einen Abend ausgesucht!«

»Tja nun. Wir sind *gerade* angekommen, und es tut mir schrecklich leid, dass euch das passieren musste. Noch dazu in Mydworth Manor. In was für Zeiten leben wir nur?«

Kat beobachtete diesen kleinen Austausch höflicher Floskeln inmitten Reggies Aussage, wie es dazu kam, dass nur Minuten zuvor einem Mann in den Kopf geschossen wurde.

»Mich wundert nur eines«, sagte Harry. »Gewiss ist es praktisch, eine Waffe zu besitzen, aber hast du sie immer dabei, wenn du verreist?«

Hier merkte Sergeant Timms auf, und seinen geschürzten Lippen nach zu urteilen, war er wenig entzückt, dass seine Befragung unterbrochen wurde.

»Na ja, ja. Ich meine, später in der Woche reise ich weiter nach London, und heutzutage sind da so viele verzweifelte Menschen unterwegs. Vorsicht ist die Mutter der Porzellankiste, sage ich immer zu meiner lieben Claudia.«

Kat sah, dass Lord Tamworth' Frau – besagte Claudia – nickte. Allerdings schaute sie auch sehr gezielt Harry an.

Ein bisschen zu direkt, fand Kat.

Timms räusperte sich. »Demnach … haben Sie den Mann gewarnt?«, fragte er in der Hoffnung, die Geschichte wieder in die richtige Bahn lenken zu können.

»Oh durchaus. Ich habe ihm verflucht klar gesagt, was ich beabsichtige: *Stehen bleiben, oder ich schieße!*«

»Und was hat er getan?«

»Er hat mich vollkommen ignoriert! Verdammter Narr! Hat einfach den Schmuck in seine Tasche gestopft und ist zum Fenster gelaufen!«

»Und Ihre Frau, Sir?«

»Oh, ich habe dafür gesorgt, dass Lady Tamworth

aus dem Weg war. Der erste Mann war bereits weg, ist mit der Hälfte des Schmucks über das verdammte Rankgitter geflohen. Und der zweite war auf der Fensterbank. Ich konnte ihn nicht entkommen lassen. Da habe ich geschossen.«

»Auf seinen Kopf?«, fragte Timms.

Und wieder eine Frage, deren Antwort allenthalben bekannt ist.

»Aber ja doch. Außer seinen Händen, mit denen er sich an den Fensterrahmen klammerte, war der leider das einzige Ziel.«

»Und Sie haben gleich beim ersten Schuss getroffen, Mylord?«

Reggie nickte und lächelte verhalten. »Im Krieg habe ich mir einen Ruf als guter Schütze erworben, kann ich Ihnen sagen.«

Kat sah, dass Harry ihr einen Blick zuwarf. *Etwas ... interessierte ihn.*

»Und die anderen Schüsse?«

Claudia öffnete den Mund, als wollte sie etwas sagen, doch ihr Mann kam ihr zuvor.

»Ich bin zum Fenster gelaufen, das ist ja wohl klar. Der Mann, auf den ich geschossen hatte, lag am Boden, aber da war dieser andere Knabe, der sich ebenfalls Schmuck gegriffen hatte, und er war unten, rannte durch den Garten.«

»Und Sie waren sich sicher, dass dieser zweite Mann auch Ihren Schmuck genommen hatte?«, fragte Timms.

»Vollkommen sicher. Ich weiß doch, wie die Schmuckkästchen meiner Frau aussehen.«

»Demnach sind die beiden Kerle mit recht viel Beute davongekommen, Sir?«

An dieser Stelle bemerkte Kat, dass Claudia zu schluchzen anfing.

»Der Erste hatte fast alles«, heulte sie. »Alles!«

Reggie legte eine Hand auf ihr Knie und klopfte es sanft.

»Ja – alles ist weg.«

»Wie entsetzlich für euch beide«, sagte Harry. »Nur aus reiner Neugier: Reist ihr immer mit dem gesamten Schmuck?«

»Guter Gott, nein«, antwortete Reggie. »Aber die Sache ist die ... Wir sind hier quasi auf der Durchreise zu einem Staatsbankett für den König und die Königin von Afghanistan – am Dienstag. Da mussten wir die funkelnden Diamanten mitnehmen. Bei solch einem Anlass hält man sich nicht zurück! Das ganz große Geschütz! Frack, Diademe, der ganze Kram.«

Kat hatte eine Frage zu dieser Geschichte. Genau genommen gingen ihr einige Fragen durch den Kopf. Aber da Harry und der Sergeant fürs Erste genügten, hielt sie sich zurück.

»Richtig. Und dieser Schmuck, vermute ich, war sehr wertvoll?«, fragte Harry vollkommen gelassen.

Diesmal antwortete Lady Tamworth mit wenigen Worten, die sie indes sehr ernst und grimmig aussprach.

»Er war ein Vermögen wert.«

»Ein Vermögen«, wiederholte Timms, während er sich Notizen machte. »Ich nehme an, Sie können das nicht genauer sagen, Mylord? Mylady?«

Reggie sah zu Claudia, die mit den Schultern zuckte, bevor sie das Gesicht in den Händen vergrub.

»Hm«, sagte Reggie. »Beide Kästchen. Diademe. Halsketten. Ohrringe. Alles reine Diamanten!«

»Vergessen wir nicht, Sir, dass wir eines der Kästchen retten konnten«, sagte Timms.

»Ah, ja, natürlich. Das andere Kästchen. Wenn ich schätzen müsste – zehntausend?«

»Zehntausend Pfund, Sir?«, wiederholte Timms und ließ beinahe sein Notizbuch fallen.

»Guineas, natürlich.«

Kat bemerkte, dass alle im Raum verstummt waren. Was wenig verwunderte. Diese Zahl war – enorm. Kein Wunder, dass Lord Tamworth mit einer Waffe auf die Diebe losgegangen war.

Sie sah zu Harry, der dezent eine Augenbraue hochzog. Und sie fragte sich, ob er dasselbe dachte wie sie.

Dies war kein zufälliger Diebstahl.

Er musste geplant gewesen sein. Jemand musste gewusst haben, dass der Schmuck dort war. Dieser Diebstahl war im Auftrag von jemandem geschehen, ganz gewiss.

7. Das Ende der Befragung

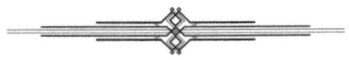

Was ist mit dem anderen Mann, der entkommen konnte?«, fragte Harry. »Hast du den richtig sehen können?«

»Ja«, stimmte Timms ein, »was ist mit ihm?«

Kat wusste, was die beiden dachten. Es müsste eine Fahndung ausgerufen werden – doch zunächst brauchten sie eine Beschreibung.

»Der ist in der Dunkelheit auf und davon. Ich habe geschossen, so gut ich konnte. Aber er ist im Zickzack gelaufen, mal in die eine Richtung, mal in die andere. Und er war fast nicht zu sehen!«

Nun konnte Kat sich nicht mehr zurückhalten.

»Aber Sie haben auf die Statue geschossen. Hinter der war ich nämlich in Deckung gegangen.«

»Ah, verstehe. Sie waren das? Hm. Tut mir entsetzlich leid, meine Liebe. Im Dunkeln sah ich nur, dass sich etwas bewegte, und ich dachte, der Schurke hätte sich hinter der Statue versteckt. Ich habe Ihnen hoffentlich keine Angst gemacht.«

Das leuchtet ein, dachte Kat. Auch wenn es ihr – für einen hervorragenden Schützen – eigenartig vorkam, wie wild die Kugeln durch die Luft geflogen waren.

»Ganz und gar nicht, Lord Tamworth.«

»Reggie, bitte«, sagte er lächelnd.

61

»Und Sie haben den Mann nicht erkannt, Sir?«, fragte Timms. »Hatten ihn nie zuvor gesehen?«

Reggie schien zu überlegen. »Nein, ich denke nicht.« Dann sah er seine Frau an. »Du, meine Liebe?«

»Nein, noch nie«, sagte sie kopfschüttelnd. »Groß. Schrecklicher Mann. Dunkles Haar.«

»Alter?«, fragte Timms. »Jung? Alt?«

Reggie und Claudia sahen einander achselzuckend an.

»Natürlich habe ich ihn nur sehr flüchtig gesehen, aber – in den Dreißigern?«, sagte Reggie. »Vielleicht in den Vierzigern?«

Timms schrieb in sein Notizbuch. Kat fiel auf, dass er ziemlich gereizt wirkte.

Diese Beschreibung trifft auf die Hälfte der Männer im Land zu.

»Und dieser Bursche – dieser Coates – war er Ihnen während Ihres Aufenthalts hier aufgefallen?«, fragte Timms.

»Inwiefern ›aufgefallen‹, Sergeant?«, erwiderte Claudia.

»Ich meine, der Mann war Lady Lavinias Fahrer hier in Mydworth. Also frage ich mich, ob Sie ihn jemals im Haus gesehen hatten. Vielleicht, wie er sich in den oberen Stockwerken aufhielt – wo er nicht sein sollte? Irgendetwas Verdächtiges?«

»Nein«, antwortete Claudia. »Er mag hier der Fahrer gewesen sein, aber ich hatte ihn noch nie im Leben gesehen.«

»Ich auch nicht«, stimmte Reggie ein. »Und – das kann ich Ihnen sagen, Sergeant – ich bin froh, dass ich es nie wieder muss.«

An der Tür bewegte sich etwas, und Kat sah den jungen Constable hereinkommen. Benton begleitete ihn zu Sergeant Timms.

Dort beugte sich der Constable nahe zu seinem Vorgesetzten und flüsterte ihm etwas zu.

Lavinia kam zu ihnen und berührte Lady Tamworth‹ Schulter. »Reggie und Claudia, ihr müsst furchtbar erschüttert sein. Kann ich irgendwas für euch tun? Egal was.«

Kat fragte sich, ob Lavinia sich für diesen Raub verantwortlich fühlte. Oder für die Schüsse?

Dies hier ist ihr Haus. Es war ihr Fahrer.

Bisher schien sie allerdings nicht erschüttert. Indes vermutete Kat, dass Leute ihres Standes in diesem Land wahre Meister des Bluffs waren.

»Nein, ich hoffe nur, die Polizei findet diesen Unhold!«, antwortete Reggie.

»*Und* holt unseren Schmuck zurück«, ergänzte Claudia.

In diesem Moment drehte Timms sich wieder zu ihnen. Seine kurze Unterhaltung mit dem Constable war vorbei.

»Der Leichenbeschauer ist unterwegs. Wie auch ein weiterer Constable, der heute Nacht im Garten Wache halten wird. Also«, sagte er und schaute in sein Notizbuch, »vielleicht noch ein oder zwei letzte Fragen, dann lasse ich Sie in Ruhe.«

»Natürlich«, sagte Reggie, stockte kurz, und fuhr fort: »Übrigens, ich bekomme doch keine Schwierigkeiten, oder? Sie wissen schon, wegen …«

Kat beobachtete, wie Timms sein Notizbuch zuschlug. »Oh, das bezweifle ich sehr, Sir. Für mich deutet alles auf einen Raubüberfall hin. Und Sie haben getan, was jeder Gentleman unter diesen Umständen tun würde.«

Reggie sah erleichtert aus. Kat bemerkte, wie Claudia nach seiner Hand griff und sie drückte.

Beide standen noch sichtlich unter Schock.

Und Kat dachte: Griffbereiter Revolver … Wehe dem, der die englische Oberklasse zu bestehlen versucht. Das kann nicht gut ausgehen.

Tante Lavinia hatte Benton und das Personal angewiesen, endlich das Dinner zu servieren. Und obwohl Harry ausgehungert war, blieb er mit Kat zurück, während seine Tante sich um alles kümmerte.

»Geht es dir gut, Kat? Dies ist ja nicht direkt ein idealer Einstieg in das ruhige englische Landleben, hm?«

»Nun, zieht man den Schmuck, die Mylords und Myladys ab, hat man einen ziemlich normalen Samstagabend in der Bronx meiner Kindheit.«

»Ja, das glaube ich dir sofort. Und ich nehme an, wenn du damals deinem Vater geholfen hast im – wie hieß das noch gleich?«

»The Lucky Shamrock.«

»Ja, ich nehme an, da hast du die fragwürdigen Seiten des Lebens kennengelernt.«

»Und ob. Habe ich dir jemals erzählt, wie ich zwei Betrunkene rausgeworfen habe, weil sie die Bar als Boxring benutzt hatten?«

»Ja, und von dem vielen Reiten im New Yorker Park. Sportlich. Und es erweist sich immer wieder als praktisch, hm?«

Er war froh, dass Kat hierüber lachte. Oft dachte er, dass es, abgesehen von all ihren anderen sagenhaften Eigenschaften, ihr Lachen war, das ihn letztendlich erobert hatte.

Dann kam Lavinia zurück. »So, alles geregelt. Ich denke, die Ente ist ein wenig trocken, aber das Gemüse – nun, bei gekochten Erbsen und Möhren kann nicht viel passieren. Und nach all den zusätzlichen Cocktails und dieser schaurigen Geschichte werden sie sicher nichts merken.«

Sie blickte sich zum Esszimmer um.

»Ach, Harry«, begann sie und wurde langsamer, »und Katherine, in was für ein Chaos ihr hier geraten seid.«

»Solche Sachen haben wir schon gesehen, Lavinia.«

»Ja, nun, ich habe die Haushälterin gebeten, ein Zimmer für euch herzurichten. Und eines der Dienstmädchen hat Wechselkleidung für dich gefunden, Katherine, meine Liebe. Ich glaube, da ist auch ein Paar Schuhe dabei.«

»Sehr freundlich, danke, Lavinia«, sagte Kat.

»Es sind bloß schlichte, abgelegte Sachen, gestehe ich, aber gewiss werden sie für heute Abend ausreichen.«

Harry wechselte einen Blick mit seiner Tante und wandte sich lächelnd zu Kat.

»Wie ich Lavinia kenne, wird es sich bei diesen, ähm, abgelegten Sachen um Haute Couture aus Paris handeln.«

»Und Nachtwäsche und dergleichen«, ergänzte Lavinia, ohne auf Harrys Bemerkung einzugehen. »Geh dich frisch machen, und komm dann gleich wieder nach unten zum Essen.«

Harry sah Kat lächeln. »Das wäre fantastisch. Es war ein unglaublich langer Tag.«

»Gewiss doch. Aber eines noch, ehe ich zu meinen Gästen zurückgehe ...«

»Ja?«

»Dieser Raubüberfall und der Erschossene. Mein Fahrer! Und, nun, ich habe unsere hiesige Polizei schon bei der Arbeit erlebt ...«

»Er hatte immerhin ein Notizbuch!«, sagte Harry.

Lavinia schmunzelte nur sehr verhalten.

»Ich fürchte lediglich, die Dinge könnten nicht so vonstattengehen, wie ich es mir wünsche. Und dieser andere Räuber, den sie vielleicht finden, vielleicht auch nicht. Meine Sorge ist, dass womöglich ...«

»Jemand vom Personal in die Sache verwickelt ist?«, beendete Harry den Satz seiner Tante für sie.

»Genau. Ich mag mir nicht ausmalen, was es für unseren Namen bedeuten würde, unsere … Reputation.«

Harry ahnte, worauf sie hinauswollte. »Soll ich mir die Sache mal näher ansehen? Die weitere Entwicklung im Blick behalten?«

Lavinia ergriff seine Hand. »Oh, Harry, würdest du?«

»Ja, und Kat ebenfalls.« In diesem Punkt war Harry unsicher, ob Lavinia zustimmte, doch er beugte sich näher zu ihr. »Meine Frau kann sehr gut auf sich aufpassen, musst du wissen. Bei ihrer Tätigkeit für das amerikanische Außenministerium in Kairo ging es nicht nur um das Beschaffen von Champagner und Kanapees.«

Harry hielt es für das Klügste, vorerst auszusparen, *wie sehr* sie ihrem Vater im Lucky Shamrock geholfen hatte.

Lavinia nickte.

Und unwillkürlich wurde Harry daran erinnert, wie sehr ihm diese Frau am Herzen lag. Sie hatte ihn aufgezogen – nachdem seine Eltern gestorben waren –, als er noch ein Junge gewesen war. *Ich würde alles für sie tun.*

»Ja, gewiss, ich helfe sehr gern«, bestätigte Kat.

»Na gut, abgemacht. Dinner in zwanzig Minuten? Und hoffentlich ziehen sich danach alle beizeiten zurück.«

Hiermit drehte sich Lavinia um und ging ins Esszimmer, wo – dem Gläser- und Besteckklimpern auf Lavinias Porzellan nach zu urteilen – die Party irgendwie weiterging.

Harry wandte sich zu Kat. »Zwanzig Minuten, was? Denkst du, du kannst deinen eigenen Rekord in Sachen Umziehen brechen?«

»Zeig mir das Zimmer, und ich bin in zehn Minuten fertig. Allerdings kann ich nicht versprechen, dass ich dann besonders sauber bin.«

»Was für eine Romantikerin du doch bist, Kat!« Harry nahm ihren Arm und führte sie die Treppe hinauf.

»Streng dich ein wenig an, und ich gebe mir eventuell besondere Mühe – zupfe vielleicht das ganze Stroh aus meinem Haar.«

8. Die Jagd nach dem zweiten Mann

Kat kam aus dem Ankleidezimmer in das großzügige Schlafzimmer, wo Harry auf dem Bett saß und in einem Buch las, das er sich von einem der Regale genommen hatte. Sie blieb am Fußende stehen, während er weiterschmökerte.

Schließlich räusperte sie sich. Nur ein ganz leiser Laut. Und er schaute auf.

»Na, *das* ist mal eine Augenweide! Sogar noch mehr als das Kleid von Lavinia, das du zum Dinner getragen hast.«

Lavinias Hausmädchen hatte den Pyjama auf dem Bett ausgelegt, und er entsprach nicht einmal annähernd dem Stil, den Kat bisher getragen hatte.

»Ich muss schon sagen, in diesem Ding komme ich mir vor wie in der Verbotenen Stadt, nicht wie in Sussex.«

»Ja, ich schätze, ›Chinoiserie‹ ist dieser Tage der letzte Schrei. Und ich muss zugeben, dass du aussiehst, als würdest du recht hübsch ins frühere Peking passen.« Harry betrachtete sie einen Moment stumm. »Und ich gestehe auch, dass es … sehr reizvoll aussieht.«

Kat ermahnte sich im Geiste. *Dies ist Lavinias Haus. Überall in den umliegenden Zimmern wohnen Gäste. Dennoch ist dies unsere erste Nacht in meiner künftigen Heimat …*

»Na dann«, sagte sie und trat einen Schritt näher, da klopfte es an der Tür.

Harry sprang vom Bett und lief hin, um zu öffnen.

»Benton?«, fragte er.

Vor der Tür stand der Butler mit einem Silbertablett, auf dem sich zwei Kristallgläser, ein Soda-Siphon und ein kleiner Behälter mit Eis befanden.

Kat ging in ihrem Seidenensemble in wirbelndem Rot und Grün zu Harry und stellte sich neben ihn.

»Lady Lavinia, Sir«, sagte Benton und neigte den Kopf zum Tablett, »bat mich, Ihnen und Lady Mortimer zwei Whiskys zu bringen.«

»Ah, ja«, antwortete Harry und öffnete die Tür weiter. »Es war solch ein Tag. Wie fürsorglich. Ähm, stellen Sie das Tablett bitte dort drüben auf den Tisch am Fenster.«

Er sah Kat an und sagte: »Meine Tante kümmert sich *immer* um die wahrhaft wichtigen Dinge.«

Nachdem er das Tablett auf besagtem Tisch abgestellt hatte, kehrte Benton zur Tür zurück. »Haben Sie sonst noch einen Wunsch, Sir?«

Und wie es der Zufall wollte, hatte Harry eine Idee. Wenn seine Tante wünschte, dass er sich die Sache mal näher ansah ... sollte er lieber keine Zeit vergeuden.

»Da wäre fürwahr etwas. Dürfte ich ...« Harry trat näher zur Tür und schloss sie. »... Ihnen ein paar Fragen stellen?«

Er beobachtete den Butler aufmerksam, um zu sehen, ob der Mann eventuell überrascht war.

Doch der allzeit stoische Benton antwortete schlicht: »Sehr wohl, Sir.«

Harry warf Kat einen Blick zu. Wenn sie dies hier zusammen machten, wäre es gut, sie an seiner Seite zu haben. Schließlich hatten die Vereinigten Staaten einen guten Grund gehabt, sie in die Botschaften auf der ganzen Welt zu schicken. Um eine Formulierung zu benutzen, die er von ihr gelernt hatte: *Sie ist ein helles Köpfchen – daran besteht kein Zweifel.*

Kat erriet, was Harry vorhatte. Wenn jemand vom Personal einen Gast ausraubte – und erschossen wurde –, war ein guter Anfang die Befragung desjenigen, der den Haushalt führte.

»Ich habe heute Abend einige neue Gesichter unter dem Personal gesehen. Zum Beispiel diesen armen Kerl Coates. Wurde er erst kürzlich eingestellt?«

»Ja, Mylord. Mit den üblichen exzellenten Empfehlungen der Agentur und Referenzen vorheriger Arbeitgeber.« Benton klang verschnupft, und Kat fragte sich, ob er die Frage als unterschwelligen Vorwurf deutete.

»Und die anderen? Wer ist sonst noch neu?«

»Ich glaube, Mylord, dass Lady Lavinias Zofe, Alice Comeley, zum Haushalt kam, während Sie in Übersee waren. Dann stellten wir letztes Jahr ein neues Hausmädchen ein, Jenny. Ziemlich jung, aber sie ist ausgesprochen gut.«

Kat erinnerte sich an ein Hausmädchen, das geweint hatte.

War sie vielleicht … Jenny?

»Und die gute alte Woodfine ist noch da?«, fuhr Harry fort.

»Mrs Woodfine ist weiterhin die Haushälterin, oh ja. Sie hatte für eine kurze Weile Urlaub genommen, als ihr Ehemann starb, übernahm ihre Tätigkeiten danach aber wie gehabt. Und der Koch … McLeod … Ich glaube, ihn kennen Sie auch, nicht wahr, Sir?«

Harry grinste. »So gut, wie jemand einen schottischen Koch kennen kann, der alles verachtet, was sich nicht kochen, brühen oder braten lässt.«

Kat glaubte, einen Hauch von Widerwillen bei der Erwähnung des Kochs wahrzunehmen.

»Mr Benton«, sagte sie, »für die Gartenanlage draußen muss es auch eine Crew geben, nicht wahr?«

»Eine *Crew*, Mylady?«

»Verzeihung, das ist wohl die falsche Bezeichnung. Einige Leute?«

»Ah, verstehe. Mr Grayer, der Gärtner, ist dort zuständig. Sein Gehilfe, ein Mr Huntley, ist noch nicht allzu lange bei uns. Ein junger Bursche, der vor ungefähr einem Jahr eingestellt wurde.«

»Und ich habe einen Stall gesehen«, sagte Kat.

»Ja, Mylady.« *Mylady … Daran muss ich mich erst gewöhnen.*

»Die tägliche Pflege von Garten, Stall und sonstigem obliegt Huntley. Er kommt aus dem Ort. Natürlich zählt die Wartung der Fahrzeuge nicht zu seinen Pflichten. Für die war der verstorbene Mr Coates zuständig.«

Kat entging nicht, dass Harry sie ansah. *Entweder ist er verwundert, weil ich das Fragen übernommen habe, oder … Nein. Er wartet auf mehr.*

Nur hatte sie wiederum das Gefühl, sie müsste sich besser mit ihrem Mann unterhalten, bevor sie tiefer in die inneren Angelegenheiten des Haushalts eindrang. Insbesondere, was den Toten anging.

»Nun, würden Sie bitte Lady Lavinia unseren herzlichen Dank für den Schlummertrunk ausrichten? Er ist wahrlich willkommen.«

Und hiermit fand Kat, dass sie den Butler hinreichend vornehm entlassen hatte, zumal für eine Frau, die ganz neu hier war. Benton verstand den Wink und verneigte sich leicht.

»Werde ich, Mylady.«

Dann drehte er sich zur Tür.

Sobald die hinter ihm ins Schloss gefallen war und sie beide allein waren, sagte Kat: »Wie wäre es, wenn du ein bisschen Soda und ein oder zwei Eiswürfel in die Gläser gibst?«

Harry grinste. »Wasser und Eis zu einem Single Malt? Welch' Blasphemie!«

»Hey, vergiss nicht, dass es in diesem Land sehr wenige Frauen geben dürfte, die einen Drink im Schlaf mixen können! Du solltest dankbar sein, mich zu haben.«

»Oh, das bin ich, *Lady Mortimer*.«

Sie saßen an dem Tisch im Erkerfenster, hinter dem der Halbmond nun hoch über den Bäumen am Himmel stand und milchig-weißes Licht auf die Rasenfläche vor dem Haus warf.

Harry stieß mit Kat an.

»Eine recht großzügige Menge, muss ich sagen«, stellte er fest.

»Wenn dies das Hausmaß ist, bin ich jederzeit dabei!«

Harry lächelte, stand auf und blickte aus dem Fenster.

»Was ist?«, fragte sie.

»Da draußen hat sich etwas bewegt.«

Kat erhob sich gleichfalls und schaute hinaus.

»Ah, es ist der Polizist, den sie als Wache abgestellt haben«, sagte sie und nickte zu der Stelle, an der ein Constable zu sehen war, der auf dem Rasen auf und ab schritt.

»Lord und Lady Tamworth‹ Zimmer ist übrigens nur zwei Türen den Korridor entlang«, merkte Harry an.

»So nahe sind wir der Aussicht, die Reggie hatte, als er die Schüsse abfeuerte?«

»Mich wundert nicht, dass er keine Ahnung hatte, worauf er schoss«, antwortete Harry. »Selbst im Mondlicht ist es teuflisch, irgendetwas zu erkennen.«

Er trat von dem Fenster zurück und zog die Vorhänge zu.

»Hm, was hältst du davon, wenn wir uns morgen noch einmal mit Reggie und Claudia in ihrem Zimmer unterhalten? Alles noch einmal durchgehen.«

»Du denkst, dabei könnten Erinnerungen wieder wach werden? Sachen, die sie ausgelassen haben?«, fragte sie.

»Wir brauchen auf jeden Fall eine bessere Beschreibung des Burschen, der davongekommen ist. Ein Jammer, dass wir ihn nicht gesehen haben.«

»Ich glaube, mir war wichtiger, in Deckung zu gehen«, sagte Kat. »Obwohl …« Sie überlegte, erinnerte sich an die Gestalt am Fenster, an die Schüsse. »Trotz allem: Ich meine, ich habe die *ganze Zeit* in alle Richtungen gesehen … natürlich. Da hätte ich es doch bemerken müssen, wenn jemand über den Rasen gelaufen wäre.«

«Könnte er dicht an der Hausmauer geblieben sein?«, fragte Harry. »Wir sehen morgen bei Tageslicht nach Fußspuren.«

»Gute Idee.«

Sie setzte sich wieder, und er kam zu ihr.

»Harry, du *bist* dir gewahr, dass wir gestern um diese Zeit noch in Dieppe waren, oder?«, fragte sie. »Mir scheint es so viel länger her zu sein.«

»Ja, wirklich. Wie war eigentlich die Fahrt hierher?«

»Ein Kinderspiel«, antwortete Kat. Dann grinste sie. »Meistens. Bis auf die Tunnel.«

»Ich wusste, dass du es schaffst«, sagte Harry lächelnd und erhob sein Glas. »Auf uns!«

»Auf uns!«

Kat nahm einen Schluck. Eine torfige Note. Nicht ihre erste Wahl, aber überaus wohltuend.

»Harry, ich wollte über morgen reden.«

»Schieß los! Ups, eine ungeschickte Wortwahl. Fahr fort, Liebling.«

»Anscheinend werden wir bis Montag hierbleiben.«

»Betrüblicherweise ja.«

»Und deine Tante hat dich gebeten, dir alles ...«

»Sie hat *uns* gebeten. Uns beide.«

»Okay. Sie hat *uns* gebeten, uns Coates und den Einbruchdiebstahl anzusehen und nach Möglichkeit herauszufinden, wer sein Komplize ist.«

»Leider hapert es an ihrem Vertrauen in die hiesige Polizei.«

»Ich habe nachgedacht. Hast du gewusst, dass ich nach dem Krieg für kurze Zeit in New York für einen Strafverteidiger gearbeitet habe?«

»Ah, ja, dein *Mentor*, ich erinnere mich. Der großartige Sean O'Driscoll war es, der dir den letzten Anstoß gab, wieder die Schulbank zu drücken.«

»Stimmt, und er ließ mich auch Leute befragen, außergerichtliche Aussagen aufnehmen. Ähnlich dem, was du vorhin gemacht hast, als du Benton nach den Bediensteten gefragt hast.«

»Und?«

»Du versuchst herauszubekommen, mit wem wir über Coates reden sollten, stimmt's?«

»Ins Schwarze getroffen. Fahr fort.«

»Ich nehme an, das schließt auch Benton mit ein. Obwohl ich mir vorstellen könnte, dass man sich an ihm die Zähne ausbeißt.«

»An Benton? Oh ja, ganz gewiss. Der Mann ist eine harte Nuss.«

Sie lachte darüber, wie er es aussprach. »Aber wir sollten mit allen reden, oder?«

»Unbedingt. Und schnell. Wir können nicht erahnen, wer etwas über einen möglichen Komplizen von diesem Coates weiß. Oder gar selbst in den Diebstahl verwickelt ist.«

»Gut, also ... nun die große Frage: Da ich bekanntlich nicht mit den Umgangsformen auf englischen Landsitzen vertraut bin, wie stelle ich das an?«

Sie beobachtete, wie Harry einen Schluck von seinem Drink nahm und ihn genoss, um Zeit zu schinden.

»Die Sache ist die, Kat. Wenn *ich* das Personal befrage, dann geht das so: ›Sir Harry dies‹ und ›Sir Harry das‹. Ich bin und bleibe nun einmal Lavinias Neffe.«

»Ja, verstehe.«

»Du hingegen ... nun ... Obwohl du de facto Lady Mortimer bist, denke ich, dass sich die Leute unten dir gegenüber freier äußern werden. Ich könnte in der Zwischenzeit mit Reggie und Claudia sprechen.«

»Ja, das klingt sinnvoll. Und was noch?«

»Wir müssen mit dem Gärtner und seiner ... *Crew* reden, hm?«, fragte Harry grinsend. »Mal sehen, ob einem von ihnen etwas Seltsames an unserem Freund Coates aufgefallen ist.«

Hierüber musste Kat lachen und hatte sogleich ein schlechtes Gewissen. *Heute Abend ist hier ein Mann gestorben.*

»Und was unsere Chancen betrifft, irgendwas über den flüchtigen zweiten Mann zu erfahren? Die schätze ich gering bis nicht vorhanden ein, zumal wir keine Beschreibung von ihm haben.«

Kat nickte. »Wenigstens können wir herausfinden, ob jemand aus dem Haus darin verwickelt war.«

»Hm. Und – das ist nur so ein Gefühl – ich fürchte fast, dass es so sein könnte.«

»Demnach ist deine Tante zu Recht besorgt?«

Harry trank noch einen Schluck Whisky. »Das denke ich. Wir sollten es auch sein. Zehntausend Guineas? Bei Gott, solch eine Summe lockt das Schlimmste im Menschen hervor.«

Kat nickte. Der warnende Unterton, der in Harrys Worten mitschwang, entging ihr nicht.

Es könnte gefährlich werden.

»Tja, zumindest mangelt es uns jetzt nicht an Beschäftigung für das Wochenende. Und am Montagmorgen geht es in aller Frühe in unser neues Zuhause.«

»Endlich!«

Sie beobachtete, wie Harry sein Glas leerte.

»Anscheinend bin ich hier fertig. Und ich denke, es ist Zeit, schlafen zu gehen, hm?«

Kat stand auf. Langsam gewöhnte sie sich an den Seidenpyjama mit den leuchtenden Farbwirbeln.

»Na, *das* ist eine hervorragende Idee.«

Und sie ging auf das Bett zu, wobei sie sich eher wie in einem geheimnisvollen Hotel vorkam, nicht wie im Haus von Harrys Verwandten.

9. Die Herrschaft und das Personal

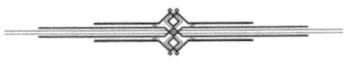

Harry stand am Brunnen in der Kiesauffahrt und schaute zu, wie ein Konvoi von Polizeiwagen wegfuhr.

Beim Anblick des Hauses war schwer zu glauben, welche dramatischen Ereignisse sich hier gestern Abend zugetragen hatten.

Die Leiche war weggebracht, die Beete abgesucht und einiges von dem Schmuck wiedergefunden worden, sodass der einzige Hinweis auf den Raub die Furche im Efeu an der Wand unter dem Fenster war, wo der arme Coates die Pflanzen in seinem Todessturz ausgerissen hatte.

Bevor sie wegfuhren, hatte Sergeant Timms gesagt, dass im ganzen Land wegen Coates' Komplizen Alarm geschlagen und eine Warnung an alle Kanalhäfen ausgesandt worden war.

Falls es sich um Profis handelte, war die Zeit ein entscheidender Faktor – und Harry fürchtete, dass sie bereits zu spät sein könnten.

Er drehte sich um und ging zum Haus zurück. Es würde ein geschäftiger Tag werden.

Kat nahm sich Rührei und Bacon von dem Sideboard im Esszimmer, schenkte sich Kaffee ein und setzte sich zu Reggie und Claudia an den Tisch.

»Guten Morgen!«, sagte sie.

»Guten Morgen, Kat!«, antwortete Reggie mit einem erstaunlich breiten Strahlen. »Famoses Frühstück – wie immer in Mydworth Manor!«

Verblüffend, dass der Mann erst vor zwölf Stunden jemandem eine Kugel in den Kopf gejagt hat und sich jetzt über – wie heißen die noch? – Kippers hermacht.

Sie sah zu Claudia neben ihm, die sehr matt lächelte und weiter an dem trockenen Toast auf ihrem Teller zupfte. Hatten sie die Geschehnisse stärker erschüttert als ihn?

»Eigentlich hätte ich eine voll besetzte Tafel erwartet«, sagte Kat und blickte sich zu den freien Stühlen um.

»Oh, die sind alle schon früh aufgestanden und ausgeritten«, erklärte Reggie. »Lavinia wollte unbedingt, dass es bei der Planung für heute Vormittag blieb.«

»Verständlich«, sagte Kat. »Aber Sie beide wollten nicht?«

Reggie warf seiner Frau, die noch mit ihrem Toast spielte, einen Blick zu. »Oh, Reiten ist nichts für uns. Wir ziehen den Bentley vor, was, Liebling?«

Claudia nickte und zeigte ein zaghaftes, sehr flüchtiges Lächeln.

Sie zumindest war über die Schießerei noch nicht hinweg.

Dann beugte Reggie sich vor, als wollte er etwas Delikates preisgeben. »Ich denke, Lavinia wollte die Gäste auch aus dem Weg haben, solange die hiesige Gendarmerie das, ähm, Chaos beseitigt.«

»Stimmt, das ist naheliegend«, sagte Kat.

»Guten Morgen allerseits!«, ertönte Harrys Stimme von der Tür. Kat drehte sich zu ihm um. Er schenkte sich einen Tee am Sideboard ein und kam zum Tisch, wo er neben ihr stehen blieb.

»Ich hoffe, ihr konntet ein wenig schlafen«, sagte er zu Reggie und dessen Frau, bevor er einen Schluck Tee trank.

Wie lässig er in dieser prächtigen Umgebung wirkt. Kein bisschen eingeschüchtert. Wie heißt das noch: hochwohlgeboren? Andererseits war dies hier ja auch so viele Jahre sein Zuhause ...

»Ein wenig«, antwortete Reggie und legte eine Hand auf den Arm seiner Frau, als müsste er ihr Halt geben.

»Sehr gut«, sagte Harry. »Ich muss dich nämlich um einen Gefallen bitten, Reggie, alter Knabe. Dich auch, Claudia, so leid es mir tut.«

»Schieß los.«

»Tante Lavinia hat mich gebeten, in ihrem Auftrag noch einmal alles durchzugehen. Sozusagen aus erster Hand zu erfahren, was vorgefallen ist – ohne dass die Polizei im Weg steht, falls ihr versteht?«

Reggie stockte. »Nein, so ganz verstehe ich es nicht«, antwortete er mit einem unsicheren Lächeln.

Kat glaubte, eine gewisse Zurückhaltung wahrzunehmen.

»Nun, die Sache ist die«, sagte Harry, senkte die Stimme und blickte sich um, als wollte er sich vergewissern, dass sie nicht belauscht wurden. »Sie ist in Sorge, dass jemand vom Personal irgendwie darin verstrickt sein könnte, und sie denkt, dass ich euch vielleicht helfen kann, euch an irgendwas ... Verdächtiges zu erinnern.«

»Ah, verstehe«, sagte Reggie. Dann wandte er sich zu seiner Frau. »Claudia, was meinst du, meine Liebe? Fühlst du dich dem gewachsen?«

»Wenn es hilft, diesen furchtbaren Mann zu fangen. Ja, ich werde mein Bestes tun.«

»Nach dem Frühstück?«, fragte Harry.

»Hervorragend!«, antwortete Reggie. Dann faltete er

seine Serviette zusammen und stand auf. Kat sah, dass Claudia zu ihrer halb vollen Teetasse schaute, bevor sie sich ebenfalls erhob.

»Wir sind in unserem Zimmer. Klopf einfach, wenn du so weit bist.«

»Werde ich«, sagte Harry.

Nun zog er einen Zettel aus seiner Tasche und reichte ihn Reggie.

»Oh – ich habe heute Morgen Timms gesehen. Sie haben den Schmuck, den sie gefunden haben, zum Revier mitgenommen, um ihn auf Fingerabdrücke überprüfen zu lassen. Er bat mich, dir diese Liste ihrer Funde zu geben, damit du bestätigst, was fehlt.«

»Ah, guter Mann!«, sagte Reggie und nahm das Blatt entgegen. »Mach ich. Ich brauche das ja auch für die Leute von der Versicherung!«

Kat beobachtete, wie Reggie den Arm seiner Frau umfing und sie aus dem Esszimmer führte, sodass Harry und Kat allein zurückblieben.

»Solltest du mich jemals so hastig von meinem Frühstück wegjagen wie er gerade seine Frau, schlage ich dich, Harry Mortimer.«

»An dem Tag, an dem ich dich ein derart spartanisches Frühstück essen sehe, ertrage ich es mit Fassung.«

Er setzte sich neben sie und stibitzte sich ein Stück Bacon von ihrem Teller.

»Hey! Eine Lady muss essen. Und, falls du es schon vergessen hast – ich bin jetzt eine richtige Lady.« Mit diesen Worten nahm sie ihm das Stück Bacon wieder weg und legte es zurück auf ihren Teller. »Also sei lieber vorsichtig.«

»Ich freue mich jetzt schon«, sagte Harry grinsend. »Übrigens gefällt mir dein Aufzug. Sehr … wie nennt man das noch?«

Kat blickte hinab zu der ausgeblichenen Bluse und der weiten Hose, die Lavinias Zofe ihr bereitgelegt hatte.

»Ja, Harry, wie heißt es noch gleich?« Sie fixierte ihn mit einem eiskalten Blick.

»Ähm … interessant?«, meinte er und konnte sich das Schmunzeln kaum verkneifen. »Ja, das ist es. Sehr … *interessant.*«

»Pass auf, mein Lieber!«

»Ah, ich glaube, Lavinia hatte früher etwas ganz Ähnliches an, wenn sie im Garten arbeitete.«

Kat drückte einen Finger auf seine Lippen.

»Oh«, sagte Harry und nahm ihre Hand. »Ich soll aufhören, hm?«

»Das würde ich dir dringend raten.«

»Und wie immer befolge ich deinen Rat.«

Er beugte sich vor und küsste sie. »Nun, wie sind deine Pläne für heute Vormittag, Lady Mortimer?«

Kat trank einen Schluck Kaffee. »Während du oben die vornehmen Leute befragst, rede ich unten mit den normalen Menschen.«

»Perfekt«, sagte Harry. »Treffen wir uns zur Elf-Uhr-Pause? Draußen im Garten?«

»Elf-Uhr-Pause? Ähm – und was ist das?«

»Oh, entschuldige. Ein zweites Frühstück am Vormittag, gewöhnlich gegen elf Uhr eingenommen, deshalb …«

»Als Amerikanerin brauche ich vielleicht ein Wörterbuch für britische Besonderheiten, um mich hier einzuleben.«

Harry lachte. »Die meisten unserer Wörter gleichen sich, wie dir vielleicht schon aufgefallen ist. Also … Treffen wir uns dann?«

»Abgemacht.«

Er stand auf, neigte sich zu ihr und küsste sie.

»Ich liebe dich – sehr«, sagte er, stibitzte sich wieder das Stück Bacon und ging zur Tür. »Ach, und falls dir nach Gärtnern ist, sag Bescheid. Ich zeige dir, wo die Schubkarre steht.«

»Dafür wirst du bezahlen«, entgegnete Kat.

»Ich kann es nicht erwarten«, hallte seine Stimme aus dem Flur, und er war fort.

Harry klopfte dezent an die Tür von Lord und Lady Tamworth‹ Gästezimmer.

»Herein«, rief Reggie von drinnen.

Harry ging hinein, schloss die Tür hinter sich und blickte sich im Zimmer um. Es war eines der größeren Gästezimmer mit einem breiten Doppelbett, zwei hohen Fenstern, Sofa, Tisch und Waschkommode. Eine Seitentür führte ins Ankleidezimmer.

Reggie stand am Fenster, und Claudia, die immer noch blass wirkte, saß auf dem Sofa.

»Sehr freundlich, dass ihr dem hier zustimmt«, sagte Harry. »Dieser Rahmen ist ein wenig angenehmer, nicht? Und ich mache mir keine Notizen!«

»Wohl wahr«, stimmte Reggie zu, der die Hände auf dem Rücken verschränkte. »Übrigens ist es wunderbar, dich wiederzusehen, lieber Junge. Es muss Jahre her sein!«

»Mindestens zehn«, sagte Harry. »Kurz nachdem es vorbei war, hm?«

Reggie nickte.

Was genau sein Cousin während des Krieges gemacht hatte, wusste Harry nicht. Jedenfalls kam er ihm nicht wie ein Kämpfertyp vor.

»Und sieh dich jetzt an!«, fuhr Reggie fort. »Wie ich höre, bist du beim Außenministerium. Ein ziemlicher Aufstieg!«

»Oh, da wäre ich mir nicht so sicher. Ich arbeite dort nur wenige Tage die Woche als Berater.«

»Wir *müssen* uns mal unterhalten«, sagte Reggie und neigte sich verschwörerisch vor. »Dann erzählst du mir mal, was so in Fernost los ist, hm? Du verstehst, was ich meine? Immerhin habe ich Geld in Malaysia angelegt. Und aus der Gegend wird man schwer schlau.«

»Malaysia? Ist nicht mein Fachgebiet, Reggie«, sagte Harry, den Reggies direkte Bitte überraschte. »Tut mir leid, alter Knabe.«

»Ach nicht?« Reggie sah enttäuscht aus. »Ah, na gut.«

Harry beobachtete, wie er quer durchs Zimmer ging und sich die Stirn rieb.

»Wie können wir dir helfen?«, brach Claudia das Schweigen.

Sie klang matt und erschöpft. Aber sie kommt zum Punkt, dachte Harry.

»Richtig, ja, ihr werdet sicher Lavinias Sorge verstehen – was das Personal betrifft.«

»Vollkommen«, antwortete Reggie, der sich wieder ihm zuwandte. »Frag nur, mein Junge.«

»Nun, als Erstes: Sind hier Bedienstete im Haus, denen ihr früher schon begegnet seid?«

»Nicht eine Seele«, sagte Reggie und sah zu Claudia, die nickte.

»Also kann es nicht um einen alten Groll gehen?«

»Herr im Himmel, nein.«

»Und ihr habt seit eurer Ankunft nicht bemerkt, dass sich jemand verdächtig benahm?«

Wieder wechselte das Paar einen Blick, und Reggie antwortete: »Na ja, hm, nicht unbedingt *verdächtig*, aber heute Morgen fiel mir etwas wieder ein.«

»Und was?«

»Dieser Bursche ... Coates? Er hatte dem Diener mit unserem Gepäck geholfen.«

»Hm, interessant«, sagte Harry. »Dann war er hier oben in euren Räumen und hat gesehen, wohin alles gebracht wurde?«

»Ich glaube, ja.«

»Und beim Auspacken?«

»Nein, ich habe selbst später ausgepackt«, sagte Claudia. »Das Hausmädchen – das jüngere – hat mir geholfen.«

Harry nickte. »Ihr selbst habt keine Bediensteten mitgebracht?«

Abermals sahen die beiden sich an.

»Äh, nein«, sagte Reggie. »Wir sind im Moment ein wenig knapp. Ich bin auf der Suche nach einem neuen Kammerdiener – ist verteufelt schwer, dieser Tage gute Leute zu finden.«

»Und wir mussten meine Zofe entlassen«, ergänzte Claudia. »Erst letzte Woche.«

»Ach ja? Aber das hat hoffentlich nichts mit dem jetzt erfolgten Diebstahl zu tun, oder?«, fragte Harry.

»Äh, nein«, antwortete Reggie.

Harry wartete auf eine Erklärung, die nicht kam.

Interessant. Einen Bediensteten zu verlieren ist ein Problem, aber zwei ... Das kommt einer Katastrophe gleich.

»Was ist mit diesem jungen Hausmädchen, das dir nach eurer Ankunft geholfen hat, Claudia? Hältst du sie für vertrauenswürdig?«

»Nun ja, ich kenne sie kaum, aber, doch, sie schien mir ein anständiges Mädchen zu sein. Wie heißt sie noch? Jenny, glaube ich. Höflich und hilfsbereit.«

»Und könnte sie gesehen haben, wo dein Schmuck war?«

Harry beobachtete sie aufmerksam. Ein Ausdruck von Nervosität huschte über Claudias Züge.

»Na ja … ich …«

»Hat sie, Claudia?«, fragte Reggie.

»Ich möchte nicht, dass sie Schwierigkeiten bekommt«, antwortete Claudia. »Aber möglich wäre es.«

»Du liebe Güte«, sagte Reggie. »Ich wusste doch, dass wir alles in dem Safe des Butlers hätten verschließen sollen, gleich bei unserer Ankunft.«

»Warum habt ihr es nicht getan?«, fragte Harry.

»Es war meine Schuld. Ich bin früh nach unten zu den Drinks gegangen, war abgelenkt. Und ich hatte ja keinen Kammerdiener, der mich daran erinnern konnte. Ich hatte mich auf einen Cocktail gefreut, alle zu sehen, mich zu unterhalten, du weißt schon.«

Harry nickte. *Leute treffen, aber den Schmuck nicht wegschließen …* Etwas stimmt hier nicht, dachte Harry. Aber was?

Kat saß Mrs Woodfine im Büro der Haushälterin gegenüber, trank ihre dritte Tasse Tee heute Morgen und hatte ihr Notizbuch aufgeschlagen vor sich auf dem Tisch. Durch die Glasscheiben hinter der Haushälterin konnte Kat in die Küche sehen, wo der Koch und die Küchenhilfen mit den Vorbereitungen fürs Mittagessen beschäftigt waren.

Mrs Woodfine schien nichts dagegen zu haben, mit Kat zu reden, konnte ihr bisher jedoch wenig Nützliches erzählen.

Anscheinend war Coates selten im Haus gewesen, sondern hatte die meiste Zeit allein in seinem kleinen Zimmer über dem Stall verbracht. Und wenn überhaupt, hatte er wenig zu seinen vorherigen Stellungen oder seiner Herkunft gesagt.

»Demnach konnten Sie sich kaum ein Bild von dem Mann machen?«, fragte Kat.

»Oh, das habe ich so nicht gesagt.«

Kat neigte sich interessiert vor. »Fahren Sie bitte fort.«

Mrs Woodfine schaute sich über die Schulter um, als könnte das Küchenpersonal sie belauschen. »Er hatte diese Art an sich, verstehen Sie? So ein überhebliches Auftreten.«

»Hm, nicht sehr angenehm also?«

»Genau. Ich meine, ich möchte ungern schlecht über einen Toten reden, aber ...«

Kat neigte sich weiter vor.

»Er hat sich Freiheiten bei den Hausmädchen herausgenommen. Und dann diese Uniform! Die Lederstiefel, die Handschuhe, Sie wissen schon. Er hat sich Lady Lavinias *Chauffeur* genannt, also wirklich.«

»Ein bisschen anmaßend, für einen Fahrer, was?«

»Anmaßend, ja, das ist der richtige Ausdruck.« Die Haushälterin senkte ihre Stimme. »Bat sogar um eine Lohnerhöhung!«

»Wirklich?«

»Er war kaum einen Monat hier, und schon war die Bezahlung nicht mehr gut genug? Ich bitte Sie!«

Kat machte sich eine Notiz und sah, wie die Haushälterin besorgt auf die Buchseiten blickte.

»Keine Bange, Mrs Woodfine«, sagte Kat. »Es ist alles vertraulich. Doch es könnte helfen, den Mann zu finden, der mit dem restlichen Schmuck entkommen konnte.«

»Oh, das hoffe ich sehr.«

»Erinnern Sie sich sonst noch an etwas Mr Coates betreffend?«

»Nun ja, wenn wir Gäste hatten, wurde er auch gern ein wenig zu *vertraut* mit den Damen.«

»Hm. Und wie genau hat er das angestellt? Wissen Sie das noch?«

»Ach, mit Kleinigkeiten«, antwortete Mrs Woodfine.

»Hat mit dem Gepäck geholfen, den Wagen besonders gründlich geputzt, solche Dinge. Ihnen angeboten, sie in den Ort zu fahren, ihre Einkäufe für sie zu tragen. Aufmerksamkeiten dieser Art, verstehen Sie?«

»Dann war er bei den weiblichen Gästen beliebt?«

»Oh, bei einigen durchaus. Er war ja auch hinreichend gut aussehend.«

»Wie sah es beim Personal aus? Hat er eine Liebste hier gehabt? Jemand Besonderes?«

»Sie kennen doch sicher die Regel ihrer Ladyschaft. Es ist eindeutig nicht erlaubt. Ganz und gar nicht erlaubt.«

Kat nickte, obgleich sie die Regeln in englischen Herrenhäusern wahrlich nicht kannte.

»Ja, das verstehe ich, doch wir alle wissen, dass es vorkommt, Mrs Woodfine. Die menschliche Natur, nicht?«

»Hm, mag sein.«

Kat erkannte, dass die Haushälterin ihr etwas zu sagen hatte. Etwas Wichtiges.

Aber dazu brauchte sie noch einen Stups. *Zeit, auf Risiko zu gehen.*

»Tja, ich denke, wir wissen inzwischen alle, Mrs Woodfine, dass Coates ein schlimmer Finger war«, sagte Kat. »Und charmant obendrein, wie es sich anhört. Sie und ich sind erfahren genug, um solche Männer zu durchschauen. Aber ein junges Mädchen? Ein Mädchen wie Jenny? Die lassen sich leicht täuschen nicht?«

»Oh!« Mrs Woodfine sah erschrocken aus. »Dann wissen Sie schon von ihr?«

Kat nickte. *Es hat gewirkt.*

»Was für ein dummes Mädchen sie doch ist. Ich habe ihr gesagt, dass sie sich nicht mit ihm einlassen soll. Ich hatte sie gewarnt.«

»Aber sie hat nicht auf Sie gehört?«

»Zum einen Ohr rein, zum anderen wieder raus.«

»Wann hat es angefangen?«

»Kaum ein oder zwei Wochen, nachdem Coates hier zu arbeiten begonnen hatte. Bis dahin war Jenny eher dem Hilfsgärtner zugetan gewesen. Ein netter Bursche aus dem Ort. Er ist ganz niedergeschlagen deswegen.«

»Folglich haben Sie Coates und Jenny häufig zusammen gesehen?«

»Sie haben versucht, es vor Mr Benton und mir zu verbergen, aber ich habe es bemerkt! Dauernd steckten sie die Köpfe zusammen, haben miteinander geflüstert und dergleichen«, sagte Mrs Woodfine und stockte, als hätte sie eben bemerkt, was sie sagte. »Oh nein, was rede ich nur? Der Mann ist tot!«

Ja, was? Kat wusste nun, mit wem sie als Nächstes reden musste. »Ist Jenny heute Vormittag hier?«, fragte sie. »Ich habe sie noch nicht gesehen.«

»Es ist ihr freier Tag«, antwortete Mrs Woodfine. »Was unter den gegebenen Umständen auch gut so ist. Sie wird bei ihrer Mutter im Ort sein, vermute ich.«

»Ah«, sagte Kat. »Macht nichts. Ich spreche morgen mit ihr.«

Kat hatte keineswegs vor, bis morgen zu warten. Sobald sie sich mit Harry besprochen hatte, wäre der nächste Halt Mydworth. *Falls Coates Hilfe aus dem Haus gehabt hat, ist Jenny nun eine der Hauptverdächtigen.*

10. Geheimnisse werden gelüftet

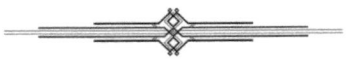

Harry hielt den Webley-Revolver, und die Waffe wog schwer in seiner Hand. *Auch schwer von Erinnerungen.* Als er 1917 zu den Feldern von Flandern abhob, hatte er die gleiche Waffe in seinem Halfter gehabt. Bereit, sich zu verteidigen, sollte er eine Bruchlandung hinlegen. *Oder, schlimmer noch, mir selbst das Leben zu nehmen, wäre ich im brennenden Flugzeug abgestürzt. Der Albtraum eines jeden Piloten.*

»Du hast gegen Ende gedient, oder?«, fragte Reggie.

Harry nickte. »Royal Air Force.«

»Wie ich hörte, war es für dich ein ziemlich guter Krieg, Junge«, fuhr Reggie fort und klopfte ihm auf die Schulter. »Du hast überlebt. Wie ich auch. Gut gemacht.«

Ein guter Krieg? So hatte Harry ihn nicht in Erinnerung. Sechs Monate beängstigender Einsätze – dann weitere sechs, um sich von seinen Verletzungen zu erholen, nachdem er abgeschossen worden war.

Danach die Verpflichtung zum militärischen Nachrichtendienst – er hatte all seine Kameraden zurücklassen müssen, die an der Front weiterkämpften, während er hinter seinem Schreibtisch saß, Informationen durchging und gefangene Offiziere verhörte.

Er löste die Sicherung des Revolvers, um nach der Trommel zu schauen – obwohl ihm das Gewicht bereits verriet, dass sie vollständig geladen war.

»Hältst du ihn immer geladen?«, fragte er.

»Lieber auf Nummer sicher gehen, nicht?«, sagte Reggie.

Harry wickelte den Revolver wieder in das Tuch ein und gab ihn Reggie, der ihn zum Nachtschrank brachte und dort in die oberste Schublade legte.

»Nur aus reiner Neugier – könntest du mir zeigen, wo du genau warst, als du geschossen hast?«, fragte Harry. »Du musst schnell gewesen sein.« *Vielleicht macht Reggies Eitelkeit ihn gesprächiger.*

Nun ging Reggie zu der Tür des Ankleidezimmers.

»Mal überlegen – richtig. Ich konnte hören, dass Claudia in Schwierigkeiten steckte«, sagte Reggie und öffnete die Tür. »Also bin ich rein – zackig.«

Harry folgte ihm.

»Natürlich hatte ich meine Waffe schussbereit. Der erste Kerl war schon am Fenster und – wie der Blitz – weg. Ich wusste, dass ich da keinen ordentlichen Schuss hinbekomme … und ich hatte ja noch nicht richtig begriffen, was vor sich ging.«

Harry wandte sich zu Claudia. »Und wo warst du?«

Sie zögerte merklich. »Oh, das weiß ich nicht genau. Es war alles so furchteinflößend. Vielleicht … hier?«

Sie wies zur einen Seite des Raumes und sah Reggie an.

»Ja, stimmt«, sagte er. »Ich habe sie gleich da unten liegen sehen. Es war nämlich so, dass Coates sie gestoßen hatte. Ich denke, sie war hingefallen. Und natürlich benommen. Dann ist Coates zum Fenster gerannt.«

Harry schwieg, denn er versuchte, sich alles bildlich vorzustellen. Ihm war bekannt, wie schwer es Zeugen fallen konnte, sich an Einzelheiten zu erinnern.

»Aber du hast den Schmuck gesehen?«, fragte er.

»Und ob ich den gesehen habe! Der Bursche hatte ja eine ganze Handvoll gepackt, und die Taschen quollen ihm auch über!«

»Und da hast du die Warnung gerufen?«, fragte Harry.

»Ja! Der verdammte Narr hat nicht auf mich gehört, obwohl ich eine Waffe in der Hand hatte. Ist aus dem Fenster geklettert ... hat sich umgedreht ...«

»Und du hast geschossen.«

»Direkt zwischen die Augen gezielt!«, sagte Reggie. »Musste ich ja – verfluchter Dieb!«

Harry überschlug die Entfernung. Sechs Meter.

»Ungefähr von hier?«, fragte Harry.

Reggie nickte. »Guter Schuss, hä?«

»Extrem gut«, pflichtete Harry ihm bei. Und drehte sich zu Claudia. »Wo wurde der Schmuck aufbewahrt?«

Er beobachtete, wie sie zu einer kleinen Truhe ging, die gerade eben noch unter einem großen Kleiderschrank zu sehen war. Die zog sie hervor und öffnete sie.

Harry konnte sehen, dass die Truhe leer war.

»Ich frage mich ...«, sagte Harry. »Wussten die beiden Männer, wo der Schmuck versteckt war? Ich meine, sind sie direkt zu der Truhe gegangen?«

»Weiß ich nicht«, antwortete Claudia. »Es ist ja so, dass ich reinkam, und da waren sie bereits hier.«

»Und hatten die Truhe geöffnet?«

»Ja, auf dem Tisch dort. Ich glaube, sie haben den Schmuck untereinander aufgeteilt.«

»Und was war, als du hereingekommen bist?«

»Der Größere ... hat mich gepackt. Mir den Mund zugehalten und mich umgeworfen.«

»Hat einer von ihnen etwas gesagt?«, fragte Harry. »Irgendwas?«

»Ich glaube, er hat ... Also der Größere hat gesagt: ›Halt den Mund, sonst ...‹ Etwas in der Art? Ich stehe immer noch unter Schock. Es ist nicht leicht, mich richtig zu erinnern.«

»Das verstehe ich. Aber all das ist sehr hilfreich. Ich vermute, du erinnerst dich nicht an seinen Akzent?«

Er sah ihr an, dass sie angestrengt nachdachte, und plötzlich leuchteten ihre Augen auf. »Doch! Der klang sehr nach London. Ich meine, nach East End.«

»Keine gebildete Ausdrucksweise?«

»Nein, nein, gar nicht. Eher grob. Schroff. Entsetzlich.« Harry schaute zu, wie sie schwankte und ihr ein Schluchzen entfuhr.

»Ist ja gut, meine Liebe«, sagte Reggie, ging auf sie zu und nahm sie in die Arme.

»Oh, Reggie! Wärst du nicht gekommen … Ich wage nicht daran zu denken, was sie mit mir getan hätten!«

»Keine Angst, meine Liebe! Bei mir bist du immer sicher!«

Reggie blickte hinüber zu Harry, als wäre er froh, dass er in seiner Beschützerrolle wahrgenommen wurde.

Für Harry indes war dies alles ein wenig zu inszeniert.

»Ich würde sagen, alter Knabe, das reicht für jetzt, einverstanden?«, fragte Reggie.

Harry nickte.

»Natürlich«, antwortete Harry. »Was wir besprochen haben, hat schon sehr geholfen. Es muss schaurig für euch gewesen, alles noch einmal zu durchleben. Also … vielen Dank!«

Reggie bejahte stumm. Harry ging zur Tür, dann hinaus auf den Korridor, wo er stehen blieb.

Er nahm an, dass er vorerst alles hatte, was er brauchte.

Und er war allemal schlauer als beim Frühstück.

Der zweite Mann ist nicht aus dieser Gegend. Reggie ist ein ausgesprochen guter Schütze. Immerhin hat er nur Sekunden für den tödlichen Schuss gehabt.

Und da war noch etwas. Eher ein Gefühl als eine Tatsache.

Sowohl Lord als auch Lady Tamworth logen. Die Frage war nur, in welchem Punkt?

Kat saß auf einer Schaukel seitlich vom Haus, trank Kaffee und genoss den warmen Sonnenschein, während sie sanft hin- und herschwang.

Von ihrem Platz aus konnte sie die Weiden sehen, über die sie den Abend zuvor gewandert war. Und durch die Bäume zur anderen Seite war der Kirchturm von Mydworth auszumachen.

Der Ort selbst war anscheinend nur eine halbe Meile entfernt.

Wie oft hatte sie sich ihr erstes Wochenende in Mydworth ausgemalt? Gemütliches Schlendern durch den Ort, die kleinen Läden erkunden, Lunch mit Harry in einem Pub am Fluss, ein geruhsamer Nachmittag im Garten, an dem sie Pläne für die gemeinsame Zukunft schmiedeten, danach vielleicht ein Dinner in einem Restaurant.

Stattdessen plante sie hier einen Ausflug, um eine Verdächtige in einem Juwelenraub zu befragen! Es gab keinen Zweifel, welche von beiden Varianten sie vorzog. Und da war noch etwas, das sie umtrieb: *sieben Schüsse.* Sie hatte eindeutig sieben Schüsse gehört, keine sechs. Von hinten legten sich zwei warme Hände über ihre Augen.

Harry.

»Einen Penny für deine Gedanken«, sagte er.

»Ich habe über die Schüsse nachgedacht.«

»Komisch.« Harry setzte sich zu ihr auf die Schaukel und legte einen Arm um sie. »An die dachte ich auch.«

»Du zuerst«, sagte sie.

»Reggie und Claudia. Eben habe ich mit ihnen gesprochen, und ich habe das seltsame Gefühl, dass sie etwas verschweigen. Nein, ich bin mir sogar sicher.«

»Aber warum? Sie sind die Opfer.«

»Stimmt, sind sie. Aber … ich nehme Reggie seine Version der Schießerei nicht ab.«

»Und da wäre der zusätzliche Schuss.«

»Eben«, sagte Harry. »Du hast gesagt, dass es eine lange Pause zwischen dem ersten Schuss und den anderen gab.«

»Richtig.«

»Deshalb frage ich mich, ob Reggie den Täter vielleicht doch nicht gewarnt hatte. Ob er direkt auf Coates gefeuert hat.«

»Warum sollte er?«

»Aus Wut«, sagte Harry. »In der Hitze des Moments. Es könnte sein.«

»Und jetzt will er es vertuschen?«

»Claudia auch. Falls es wahr ist – ist es eine üble Geschichte. Die Polizei mag es noch nicht rausbekommen haben, aber wenn sie es tut, sitzt Reggie richtig in der Patsche. Ihm droht eine Anklage.«

»Ja, das ist wahrscheinlich.«

»Es könnte natürlich sein, dass er gesteht – aber ich kann mir nicht vorstellen, dass Reggie das tut. Wie wäre es, wenn wir versuchen, so viel wie möglich über diesen Raub herauszufinden? Was hast du in Erfahrung gebracht?«

Und so saßen sie auf der Schaukel, tranken Kaffee, und Kat erzählte ihm von Coates' Ruf und von Jenny, dem Hausmädchen.

»Wie es klingt, ist Jenny der Schlüssel«, sagte Harry, nachdem er Kat von der Schmucktruhe erzählt hatte.

»Vielleicht wusste sie von dem Raub. War sie seine Komplizin? Das würde einen Sinn ergeben! Willst du sie besuchen?«

»Das habe ich vor. Aber ich denke auch, dass wir uns mal Coates' Zimmer über dem Stall ansehen sollten.«

»Gute Idee. Ich kann es machen, solange du im Ort bist«, sagte Harry. »Aber, um ehrlich zu sein …«

»Und ihr Engländer seid immer *so* ehrlich!«

»Du hast mir heute Morgen gefehlt. Es ist schließlich unser erster Tag in der alten Heimat.«

»Du mir auch«, sagte Kat. »Wollen wir es zusammen machen?«

»Wie zwei Cops in einem Krimi, hm?«

»Solange ich die Erbarmungslosere sein darf.«

»Ach, du hast den ganzen Spaß?« Harry stand lachend auf, sodass die Schaukel ins Wackeln geriet. »Worauf warten wir?« *Kann ein Mann mehr Glück haben, als mit Kat Reilly verheiratet zu sein?*

11. Der Hilfsgärtner

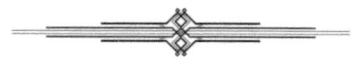

Kat sah Harry lächelnd den Kopf schütteln, als sie aus dem kleinen Gewächshaus hinter dem Herrenhaus kamen.

Der Gärtner, Mr Grayer, hatte keinerlei Hemmungen gehabt, Harry innig zu umarmen. Zwischen den beiden gab es schon mal keine Förmlichkeiten.

Ich mag ihn, dachte Kat.

Auf dem Weg zu den Stallungen sah Harry hinüber zu der Stelle, wo sie laut Grayer den Hilfsgärtner Huntley bei der Reparatur des alten Traktors finden würden, den er wieder zum Laufen bringen wollte.

»Grayer? Ich kann dir sagen, der ließ mich alles Mögliche machen, als ich noch ein Kind war. Ich weiß mehr über Mulchen und Ausschnitt als jeder durchschnittliche Adlige in diesem Königreich, so viel steht fest.«

Grayer hatte indes nichts zu Coates zu sagen gehabt, hatte er den doch lediglich am Steuer von Lavinias Automobil gesehen.

»Er wirkte auf jeden Fall froh, dass du zurück bist«, sagte Kat.

»Ich weiß! Er ist inzwischen in einem Alter, in dem er eigentlich aufhören könnte zu arbeiten, und meine Tante würde für ihn sorgen. Aber ich bezweifle, dass er jemals in den Ruhestand gehen wird.«

Als sie sich den Ställen näherten, sah Kat einige Wagen, die in einer Reihe parkten, einschließlich einer silbernen Limousine, die so ziemlich das größte Automobil sein dürfte, das Kat jemals gesehen hatte.

»Hey, ist das Reggies und Claudias Wagen? Wow!«

»Ja, ein Bentley. Neuestes Modell. Hm ...«

»Was?«

»Was meinst du mit ›Was?‹?«

»Ich glaube, ich habe eben ein ›Hm‹ gehört.«

»Hast du.« Harry blieb bei dem Bentley stehen. »Solch ein Automobil ist nicht billig.«

»Kann ich mir vorstellen.«

»Und, na ja, normalerweise reist man in solch einem Gefährt mit Fahrer.«

»Aber sie haben überhaupt kein Personal mitgebracht?«

»Stimmt.«

»Sie haben gesagt, dass sie Mühe haben, Leute zu finden.«

»Zofe, Kammerdiener und jetzt auch noch der Fahrer? Das sind eine Menge Personalprobleme.«

»Denkst du, da stimmt etwas nicht?«

»Weiß ich nicht, Kat. Es könnte auch nichts weiter sein. Doch es kommt einem ein wenig, nun ja, eigenartig vor, nicht? Wie dem auch sei, hören wir uns an, was der Gärtnergehilfe von dem verstorbenen Mr Coates hielt.«

»Hallo?«, rief Harry, der nur ein Beinpaar unter einem kleinen Traktor hervorlugen sah.

Gegenwärtig war der Stall leer, da sämtliche von Lavinias Pferden mit den Gästen unterwegs waren. Harry nahm an, dass sie noch einige zusätzliche Tiere hatte herbringen lassen, um genug für die Wochenendgesellschaft bereitzuhalten.

Er wartete mit Kat an seiner Seite. Sonnenstrahlen fielen durch die hohen Fenster herein, in deren Licht Staubflocken tanzten.

Schließlich rutschte Huntley unter dem Traktor hervor, einen Schraubenzieher in einer, einen Schraubenschlüssel in der anderen Hand.

»Ja?«

Harry blickte kurz zu Kat, dann lächelnd zu dem Mann. »Ich bin Lady Lavinias Neffe. Dürften wir uns kurz mit Ihnen unterhalten?«

Für einen Moment rührte der Mann sich nicht, als müsste er sich die Bitte erst einmal durch den Kopf gehen lassen.

Wahrscheinlich ist er gerade mitten in einer komplizierten Motorreparatur, dachte Harry.

Dann legte Huntley seine Werkzeuge hin und richtete sich auf.

»Harry Mortimer«, stellte Harry sich vor und reichte ihm die Hand. Huntley wischte seine ölgeschwärzten Hände vorn an seinem Overall ab und schüttelte Harrys Hand. »Meine Frau, Lady Mortimer.«

Huntley schien verwirrt. Lag es an dem Handschlag? Der entsprach, mit dem Personal ausgetauscht, nicht unbedingt der Etikette. Oder war es, weil Harry das »Sir« beim Vorstellen ausgelassen hatte? Gefolgt von dem »Lady Mortimer«, an das sich vermutlich selbst Kat noch gewöhnen musste.

»W-wie kann ich Ihnen helfen?«, fragte Huntley. »Ich versuche, dieses alte Ding zum Laufen zu bringen.«

»Sind Sie auch Mechaniker?«

»Nicht offiziell«, antwortete Huntley achselzuckend. »Aber ich tue, was ich kann. Obwohl ich sagen würde, dieser Traktor hat es hinter sich.«

Harry nickte und holte Luft.

»Nun, wir würden gern mit Ihnen über Alfred Coates sprechen.« Nach einer kurzen Pause fügte er an: »Den Mann, der gestern Abend erschossen wurde.«

Und nun … verstummte Huntley.

Als Harry zu sprechen begonnen hatte, war Kat ein Gedanke gekommen. Der zweite Mann, Coates' Komplize, könnte irgendjemand sein. Sogar dieser Bursche hier.

Sie bemerkte, dass Harry seine Fragen eher beiläufig formulierte.

»Sie haben Coates doch gekannt, oder?«

Ein Nicken. »Habe ich. Ich meine, er war der Fahrer. Manchmal hat er Hilfe mit dem Automobil gebraucht. Er saß gern hinterm Steuer – aber er hatte keinen Schimmer von der Technik.«

Seinem Tonfall war deutlich zu entnehmen, dass er Alfred Coates nicht gemocht hatte.

»Verstehe … Ich frage mich«, sagte Harry, »ob Coates sich jemals verdächtig geäußert – oder benommen – hat. Haben Sie vielleicht mal etwas gesehen, das Sie stutzig machte, was den Mann anging?«

Ein rasches Kopfschütteln. Dann aber war es, als würde Huntley innehalten. »Augenblick mal. Da war eine Sache. Er hat sich immer Zeit mit den Damen genommen, verstehen Sie? Einer von diesen Typen. Und das gleich von seinem ersten Tag an – die ganze Zeit.« Huntley rieb sich das Kinn. »Hat mir nicht gefallen.«

Kat erkannte eine Chance, das Gespräch in eine andere Richtung zu lenken.

»Was ist mit dem Hausmädchen, dieser Jenny? Haben Sie die beiden mal zusammen gesehen?«

Hierauf fühlte Kat sogar aus einigen Schritten Entfernung, wie Huntley erstarrte. Und die Fäuste ballte.

»Oh ja. Da hat er nicht getrödelt.«

Kat bemerkte, dass Harry auf weitere Fragen von ihr wartete. Und trotz der Umstände und der offensichtlichen Wut des Mannes, dachte sie unwillkürlich: Mit Harry zusammen macht das ziemlichen Spaß. »Waren Sie … mit Jenny befreundet? Ich meine, bevor Coates hier anfing?«

Huntley kratzte sich an der Stirn und sah aus, als hielte er Kats Worte für eine Fangfrage. Er atmete tief durch die Nase ein.

Da habe ich einen Nerv getroffen, dachte Kat.

»Bevor er herkam, haben Jenny und ich uns gut verstanden. Wir mochten uns, wissen Sie? Haben über Sachen geredet.«

»Über Sachen geredet?«

Huntley nickte. »Was wir vielleicht mal machen wollen. Dass sie irgendwann nicht mehr Dienstmädchen ist, dass ich mir etwas Eigenes zulege – einen kleinen Hof.«

Kat empfand Mitleid mit dem Mann.

»Also haben Sie und Jenny gemeinsam Pläne geschmiedet?«

»Na ja, irgendwie schon. Einen Schritt nach dem anderen. Aber dann … *dann* …« Wieder ballte er die Fäuste. »Kreuzte dieser Mistkerl hier auf. Und das war es dann.« Huntley fing sich. »Verzeihung, Mylady.«

Kat sah zu Harry.

Sie vermutete, dass ihr Ehemann dasselbe dachte wie sie: Dieser Mann war kein Komplize.

Allerdings war auch offensichtlich, dass sich Huntley und Coates nicht grün gewesen waren.

Sekundenlang herrschte Stille, ehe Harry, der abgewartet hatte, bis sich der Mann beruhigt hatte, sehr gefasst fragte: »Wissen Sie von jemandem, der mit Coates befreundet war? Vielleicht jemandem, der ihm geholfen haben könnte – bei dem Juwelendiebstahl?«

Doch Huntley schüttelte den Kopf. »Mir kam es vor, als hätte er – abgesehen von Jenny – zu niemandem näher Kontakt gehabt. Viele Freunde hatte der nicht. Jedenfalls nicht hier auf dem Anwesen.«

»Nun, wir suchen nach einem Hinweis zu diesem *anderen* Mann, der Coates geholfen hat, anscheinend durch den Garten weggelaufen ist und in der Dunkelheit ...«

Aber Huntley schüttelte bereits wieder den Kopf. »Kann nicht sein.«

Harry hielt inne, also sprang Kat ein. »Was kann nicht sein, Mr Huntley?«

»Mr Grayer hat gesagt, dass ich nach dem Garten sehen soll, den Blumenbeeten uns so, weil jemand da durchgelaufen ist. Da müssten die übel zugerichtet sein.«

»Und?«, fragte sie.

»Keiner ist durch die Beete gelaufen, Mylady. Ich habe sie alle gleich heute Morgen durchgesehen. Wenn da einer durchtrampelt, Blumen platt drückt und große Fußspuren hinterlässt, sieht man das. Aber da war nix. Überhaupt nix, glauben Sie mir.«

Kat sah Harry an. *Das ergibt nun gar keinen Sinn.*

Harry lächelte sie an und wandte sich wieder Huntley zu. »Und falls derjenige in die andere Richtung gelaufen ist, um das Haus herum?«

»Nicht durch die Blumenbeete, meinen Sie?« Huntley rieb sich das Kinn. »Hm, tja, möglich wäre es, schätze ich. Er könnte sich auch zurück ins Haus geschlichen haben.«

Kat beobachtete, wie Huntley nachdachte, was das heißen könnte.

»Vielen Dank für die Informationen, die Sie uns gegeben haben, Mr Huntley«, sagte Harry. »Gewiss müssen Sie jetzt weiter an dem Traktor arbeiten.«

Huntley schaute sich nach dem Gefährt um. »Wie viel das noch nützt, weiß ich nicht, Sir.«

Harry nickte. »Ich bin sicher, dass Sie Ihr Bestes tun. Eines noch. Coates hatte ein Zimmer hier, nicht wahr?«

Huntley nickte. »Ja. Gehen Sie raus und dann nach hinten. Da ist eine Treppe nach oben zu seinem Zimmer. Direkt über dem Stall.«

»Danke! Wir sehen uns dort mal um.« Er drehte sich zu Kat. »Na gut. Und, Mr Huntley, sollte Ihnen noch etwas einfallen, das von Nutzen sein könnte, geben Sie uns bitte Bescheid, ja?«

Huntley nickte, und die beiden gingen aus dem Stall und um ihn herum zu Coates' Zimmer.

12. Weitere Enthüllungen

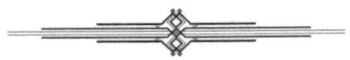

Das Zimmer war oben an einer schmalen Holztreppe. Wahrscheinlich handelte es sich um einen ehemaligen Lagerraum oder einen Heuboden, der zu einer kleinen Wohnung für den Fahrer umgebaut worden war.

Harry drehte den Türknauf, doch es war abgeschlossen. Er sah zu Kat, die neben ihm auf dem kleinen – und wackligen – Treppenabsatz stand. »Ach schade. Jetzt müssen wir warten, bis Lavinia zurück ist. Sie müsste einen Zweitschlüssel haben.«

Aber Kat grinste. »Harry, haben sie dir denn gar nichts beigebracht, als du durchs Empire gehüpft bist?«

Und so wurde Harry Zeuge, wie Kat an ihren Hinterkopf fasste, wo ihr Haar aufgesteckt war, und ... eine schwarze Haarnadel hervorzog. Die bog sie auf und sagte: »Sieh gut hin. Du wirst jetzt etwas *sehr* Praktisches lernen.«

Brav beugte er sich nach unten und beobachtete, wie seine Frau die Haarnadel ins Schlüsselloch steckte und sie hin und her zu bewegen begann.

»Du hast das schon mal gemacht, nehme ich an?«

»Oft!«

»Interessant. Tja, diese Fertigkeit konnte ich mir im Dienst des diplomatischen Corps Seiner Majestät nicht aneignen.«

»Ach nein? Wie sich herausstellte, musste ich bei meinen Einsätzen recht viele geschlossene Türen überwinden.«

»Mittels typisch amerikanischer Improvisationskunst, hm?«

Es erklang ein Klicken, und die Tür ging auf.

»Das ist wahrlich beeindruckend«, konstatierte Harry.

Sie lächelte. »Ich kann dir eine Menge beibringen, Harry Mortimer.«

»Oh, darauf würde ich wetten«, sagte Harry und ließ ihr den Vortritt.

»Ein recht armseliges Zimmer«, stellte Harry fest, als er sich in dem karg möblierten Raum umschaute: ein Kleiderschrank, eine Kommode, ein Einzelbett, wenige Schränke. In einer Nische sah er ein kleines Waschbecken und einen Gaskocher mit einem einzelnen Kochfeld, auf dem ein Kessel stand. Darüber hingen ein paar Regale mit Dosen und Schraubgläsern. Und an einer Wand stand ein schwarzer Ofen. Harry ging hin und berührte das Metall – noch warm.

Er bemerkte, dass Kat inzwischen zu einer kleinen Kommode gegangen war und die Schubladen öffnete.

Sie begann mit der untersten, die sie durchsuchte, dann überprüfte sie die darüber und schließlich die oberste.

So wie ein Profi ein Zimmer durchsuchen würde, dachte er. Ihm gefiel der Gedanke, dass seine Frau noch eine weitere unerwartete Fähigkeit aufwies.

Kat sprach nicht allzu viel darüber, worin genau ihre Tätigkeit für die Pass- und Visaabteilung der amerikanischen Botschaft bestanden hatte.

Doch allmählich begann er zu erahnen, dass es mit Pässen eigentlich nicht viel zu tun gehabt hatte.

Allerdings behielten beide bislang die Geheimnisse ihrer jeweiligen Länder für sich. Und Harry war es recht so.

»Einige Kleidung, aber nicht viel«, sagte sie. »Als hätte Coates kaum hier gewohnt.«

Harry dachte darüber nach, ging zum Bett und hob die Überdecke hoch, um unter das Gestell zu sehen.

Aha!

Er zog einen abgewetzten Lederkoffer hervor.

»Vielleicht hatte er schon für seine Flucht gepackt«, sagte er, hievte den Koffer aufs Bett und klappte ihn auf.

Gleichzeitig kam Kat zu ihm, und gemeinsam gingen sie ein zusammengefaltetes Kleidungsstück nach dem anderen durch, bevor sie es sorgsam aufs Bett legten. Viel war es nicht. Hosen, Hemden, Unterwäsche, Schuhe ...

Aber alles sehr elegant. Von hoher Qualität. Nur keinerlei Hinweis darauf, wohin Coates gewollt hatte.

»Er wollte mit leichtem Gepäck reisen«, sagte Kat, die eines der Hemden berührte. »Ich tippe auf ... warme Gefilde.«

»Würde ich auch sagen.«

Harry drehte den Koffer um – nichts fiel heraus. Dann drehte er ihn wieder zurück und betrachtete die Gepäckaufkleber, die zumeist ausgeblichen und rissig waren, ein paar jedoch noch leserlich.

»Er ist auf jeden Fall in der Welt herumgekommen.«

Er beobachtete, wie Kat die Aufkleber inspizierte. »Paris, St. Moritz, Istanbul, Biarritz. Kein schlechtes Leben. Ich meine, für jemanden, der bloß Chauffeur englischer Adliger ist.«

»Und er hat sich so einen exquisiten Geschmack angeeignet«, sagte Harry, der einen Anhänger vom Koffergriff löste und ihn studierte. »Hotel Negresco«, las er. »Mein Lieblingshotel an der Riviera.«

»Ich kann es nicht erwarten, dass du mit mir hinreist.«

»Oh, das steht eindeutig auf der Liste«, sagte Harry augenzwinkernd.

Nun drehte sie sich um und blickte abermals durchs Zimmer, ließ ihren Blick über sämtliche Oberflächen wandern.

Harry entging nicht, dass sie auf einmal sehr still wurde.

»Was ist, Kat?«

»Weiß ich nicht. Es ist, ähm, nur so ein … Gefühl. Irgendetwas übersehen wir.«

Harry nickte zu dem spartanischen Raum. »Viel mehr gibt es hier nicht zu entdecken, würde ich sagen.«

Kat erwiderte das Nicken, ging indes zu der winzigen Kochnische und musterte die Regale. Während Harry zusah, nahm sie die Dosen und Gläser nach und nach herunter, öffnete sie und schüttete den Inhalt ins Waschbecken.

Trockenmilch. Zucker. Tee.

»Aha«, sagte sie und zog einen zusammengefalteten Umschlag aus dem staubigen Haufen Teeblätter.

Harry gesellte sich zu ihr, als sie den Umschlag vorsichtig öffnete und hineingriff.

»Eine Zugfahrkarte«, sagte sie. »Genauer gesagt, eine Reservierung. Für eine Person. Der Nachtzug von Paris nach Nizza.«

Sie gab Harry die Papiere. »*Le Train Bleu* – nächsten Freitag.«

»Coates allein?«, fragte Harry. »So oder so hatte er offenbar vor, gestern Abend mit den Juwelen hierher zurückzukehren und abzuwarten, bis sich die Dinge beruhigt hatten.«

»Oder bis sie die Überprüfung der Häfen beendet hatten«, ergänzte er nach einem kurzen Moment, faltete die Papiere zusammen und steckte sie ein.

»Schlau«, sagte er. »Das war also kein spontaner Diebstahl.«

Nochmals schaute er sich um und stellte sich Coates vor, der seine letzten Pläne schmiedete. Der Mann war fraglos verschlagen – und peinlich genau. Sehr ordentlich überdies.

Harry kehrte zum Fußende des Bettes zurück. Dort stand ein kleiner Tisch ohne Schubladen, daneben ein winziger Papierkorb. Er sah hinein – leer.

»Weißt du, was fehlt?«, fragte er Kat.

Sie überlegte eine Sekunde … und lächelte. «Papiere«, sagte sie – und beide sahen zum Ofen.

Kat kniete dicht neben Harry vor einem Haufen geschwärzter Asche am Ofen, die sie eben ausgekippt hatten. Coates hatte offensichtlich jede Spur seiner Identität verbrannt, jeden Brief, jede Quittung, alles.

»Siehst du etwas?«, fragte Harry, als Kat behutsam durch die Asche strich und nach irgendwas suchte, das nicht vollständig verbrannt war.

»Nichts«, antwortete sie. Die Asche in ihren Fingern war nichts als Puder. »Er war gründlich.«

Sie sah, wie Harry in den Ofen griff und den unteren Rost herausnahm. Dann krempelte er seinen Ärmel hoch und langte erneut hinein.

»Niemand ist vollkommen«, sagte er und hielt grinsend einen zerknüllten, angesengten Umschlag in der Hand, den er ansah und Kat gab, bevor er sich die Hände an einem Lappen abwischte.

»Adressiert an Coates, hier im Herrenhaus«, sagte er.

Kat sah die Fragmente der Beschriftung auf dem Umschlag an. Nur wenige Buchstaben in Tinte auf versengtem Papier, kaum ausreichend, um eine Handschrift zu entziffern.

Obwohl das »C« von »Coates« auffällig geschwungen war – was Kat sich gleich einprägte. Sie strich den Umschlag glatt und öffnete ihn.

»Und?«

»Leer.«

Harry rückte näher zu ihr. »Darf ich mal sehen?«

Sobald Kat ihm den Umschlag gegeben hatte, drehte er ihn in der Hand hin und her.

»Man kann noch vage einen Poststempel erkennen«, sagte Harry. »Datiert von vor einer Woche. In Salisbury.«

»Ist das weit von hier?«

Harry schüttelte den Kopf. »Ungefähr fünfzig Meilen.«

»Könnte wichtig sein. Es lohnt sich nachzuforschen, welche Verbindung Coates zu dem Ort hat.«

»Stimmt«, bestätigte Harry. »Obwohl der Brief auch irgendwo im Umkreis von circa fünf Meilen von der Stadt aufgegeben worden sein könnte.«

»Aha.«

»Und du wirst feststellen, dass Südengland gesprenkelt ist mit kleinen Orten und Dörfern, von denen teils nicht einmal die Einheimischen je gehört haben.«

Hierüber musste Kat lachen.

»Übrigens, nur nebenbei, Harry, aber nach meinem bisherigen Kontakt mit deinen hiesigen Landsleuten glaube ich fast, dass ich die Einzige bin, die deinen Humor versteht.«

»Ach ja? Dann musst du dringend immer in meiner Nähe bleiben.« Harry gab ihr den Umschlag zurück. »Es wäre ein Jammer, sollten all meine witzigen Bemerkungen vergebens sein.«

Kat schob das verbrannte Papier vorsichtig in den Umschlag mit der Zugfahrkarte und steckte ihn in ihre Hosentasche.

»Außer dem Poststempel verrät es uns also nichts. Aber die Fahrkarte, der Koffer ... Du weißt, mit wem wir reden müssen.«

Harry nickte. »Jenny. Ich fürchte jedoch, sie könnte ein bisschen durch den Wind sein.«

»Weiß ich. Und dennoch kann sie Dinge über Coates und über diesen Diebstahl wissen.«

»Unter anderem über seinen Komplizen.«

»Vielleicht war sie sogar selbst diese Komplizin, Harry. Vergessen wir nicht, was Huntley über die Blumenbeete gesagt hat.«

»Richtig. Wenn wir mit ihr gesprochen haben und hoffentlich mehr wissen, sollten meine Tante und ihre Gäste von ihrem Ausritt über Land zurück sein. Oh, und ich hätte noch eine Idee.«

»Ach?«

»Ich habe einen ... Freund in London. Er hat Zugriff auf so gut wie alle Dokumente. Zu jedem.«

»Oho, ein *mächtiger* Freund.«

»Wir helfen uns hin und wieder gegenseitig. Lass mich ihn kurz anrufen und hören, was er über Coates in Erfahrung bringen kann.«

»Coates hatte exzellente Referenzen, wie Benton sagte.«

»Die hatte er«, bejahte Harry. »Ich laufe mal schnell zum Haustelefon. Es dauert nur eine Minute.«

»Übrigens hat mir Mrs Woodfine erzählt, dass einige der Hausgäste entschieden haben, morgen abzureisen.«

»Ach ja.«

»Gleich nach dem Frühstück, glaube ich.«

»Hm, das setzt uns ein wenig unter Zeitdruck«, sagte Harry.

»Ja, würde ich auch meinen.«

»Dann legen wir mal los. Ich erledige den Anruf, danach suchen wir Jenny. Außerdem solltest du endlich mal das recht entzückende Mydworth sehen.«

13. Markttag

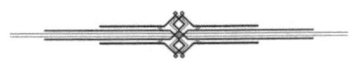

Da der Alvis noch beim Dower House stand, schlug Harry vor, dass sie zu Fuß in den Ort gingen, anstatt sich von einem der Bediensteten fahren zu lassen. Es war ein herrlicher Tag, warum ihn also nicht auskosten?

Einer von Lavinias weiblichen Gästen hatte Kat ein Sommerkleid und ein Paar Sandalen geliehen, daher stimmte sie mit Freuden zu. Nicht zuletzt, damit Harry aufhörte, Scherze über Gartenarbeit zu machen.

Als sie die lange Kiesauffahrt hinuntergingen, durch den Hain und über das von Eichen getüpfelte offene Weideland, lauschte Kat Harrys Erzählungen von seiner Kindheit hier.

Am Ende der Auffahrt hielten zwei gemauerte Steinpfosten ein weit offenes Tor. Hinter dem Tor fand Kat sich auf einer belebten Straße wieder: Pferdefuhrwerke, junge Burschen mit Handkarren, gehäuft voll mit Ernteerträgen, und hin und wieder ein vorbeituckerndes Automobil.

Kat war sich nicht bewusst gewesen, wie nahe das Anwesen dem eigentlichen Ort war, doch nun sah sie eine Reihe von Häusern direkt an der südlichen Mauer und neben einer imposanten Kirche.

»Hier ist nicht immer so viel los«, erklärte Harry und nahm ihre Hand, als sie gemeinsam die Straße überquerten. »Heute ist Markttag.«

Kat erkannte die Gastwirtschaft wieder, an der sie erst gestern vorbeigefahren war und die nun voller Gäste war.

»Und gleich da siehst du, was in Mydworth unter Hauptstraße rangiert«, sagte Harry und zeigte grinsend zu der schmalen Kopfsteinpflasterstraße, die sie in dem Alvis hinaufgefahren war. »Wir suchen nach der Hausnummer achtundvierzig. Die müsste links sein.«

Heute Vormittag war hier kein Platz für Automobile. Es wimmelte von Einkaufenden, Arbeitern und spielenden Kindern, und die kleinen Läden hatten alle geöffnet, sodass sich Kat und Harry durch die Menge fädeln mussten.

Bald fanden sie das Haus, nach dem sie gesucht hatten, eingeklemmt zwischen einem Milchladen und einem Schuster. Die Fassadenfarbe blätterte ab, und die Vorhänge in den Fenstern waren vergraut. Kat klopfte an, und sie warteten. Keine Reaktion. Sie klopfte wieder.

Nach einigen Minuten hörte sie, wie ein Riegel zur Seite geschoben wurde, und die Tür ging einen Spalt auf. Eine Frau mit müden, abgekämpften Zügen sah sie an.

Jennys Mutter, schätzte Kat. Vorzeitig gealtert. Viel Arbeit, wenig Freude und vielleicht kein Ehemann in Sicht? Im Krieg gefallen?

Die Frau bat sie nicht herein. Doch obgleich sie zurückhaltend und wortkarg war, erzählte sie ihnen, dass ihre Tochter auf den Markt gegangen war, um Garn zu kaufen.

Kat dankte ihr. Als sie gingen und die Tür beinahe wieder geschlossen war, fragte die Frau leise: »Meine Jenny hat doch keine Schwierigkeiten, oder?«

Die Sorge jeder Mutter.

Lächelnd drehte Kat sich zu ihr um und sagte eventuell nicht ganz so überzeugend, wie es die Mutter gern gehört hätte: »Nein, das denke ich nicht.«

Dann machten sie sich auf den Weg zum Marktplatz.

»Na, das ist ja mal ein Anblick«, sagte Kat, als sie das Ende der schmalen, mit Kopfstein gepflasterten High Street erreichten und am Rande des Marktplatzes standen.

Dieses Bild, das so gar nichts mit dem gemein hatte, was sie aus der Bronx oder den vollen Gassen und Marktständen in Istanbul oder Kairo kannte, war wie einer anderen Epoche entsprungen.

Sie kamen beim Fischhändler mit seinem Fang von Dorsch, Schellfisch und Wolfsbarsch vorbei – wahrscheinlich erst wenige Stunden alt –, der auf schmelzendem Eis lag und von dem Wasser auf das Pflaster tropfte.

An einem anderen Stand hingen große Stücke Rindfleisch, Schweinefleisch, Hühnchen und sogar Enten. Der korpulente Schlachter und sein Sohn, wie es schien, standen inmitten des Gemetzels, die blanken Messer bereit, gewünschte Stücke abzuschneiden und einzuwickeln. Der Mann trug einen Strohhut und eine weiße Schürze voller Blutflecken.

»Dieser Markt hat sich gewiss seit hundert Jahren nicht verändert, oder?«, fragte Kat.

»Das ist nicht anzunehmen, ja. Eigentlich habe ich nie darüber nachgedacht. Landwirte, Fischer aus Littlehampton, regionales Gemüse je nach Saison.«

»Und so viel Kunsthandwerk. Findet dieser Markt jeden Samstag statt?«

»Bei Wind und Wetter. Und in der Vorweihnachtszeit ist er noch mal ganz besonders, wenn alle Stände geschmückt sind und Frost in der Luft liegt. Dann steht dort drüben in der Ecke ein prächtiger Tannenbaum, es werden Weihnachtslieder gesungen, und im Pub gibt es Glühwein.«

»Glühwein, hm? Das ist mal ein Cocktail, den ich noch nie hatte.«

Harry nahm ihre Hand. »Dann, Lady Mortimer, hast du etwas, worauf du dich freuen darfst.«

»Tue ich jetzt schon.«

Sie blickte sich um und stellte sich diese Sommerszene winterlich verschneit wie aus einem Dickens-Roman vor.

Ein Gebäude am Markt, bei dem es sich um das Gemeindehaus handeln musste, überragte alle anderen mit seinem gen Himmel weisenden Turm. Auf halber Höhe des Turms war eine goldene Uhr angebracht.

Unterdessen war Jenny nirgends zu sehen.

»Glaubst du, wir haben sie verpasst?«, fragte Harry.

»Kann sein. Gehen wir weiter – und ich versuche, mich nicht ablenken zu lassen.«

Kat war noch etwas anderes aufgefallen: Sobald sie den Mund aufmachte, drehten sich die Leute nach ihr um und sahen sie verwundert an.

Das hatte sie nie erlebt, wenn sie an Orten wie Berlin oder Kairo gearbeitet hatte – erst recht nicht in den diplomatischen Kreisen, in denen sie sich bewegt hatte, wo stets alle möglichen Sprachen und Akzente zu hören gewesen waren.

Hier hingegen …

Ihr amerikanischer Akzent mit diesem Hauch der Bronx musste den Leuten sehr fremd sein. Sogar amerikanische Schauspieler in Tonfilmen sprachen zumeist mit einer Art britischem Akzent.

Kat stellte fest: Allein indem ich spreche, kann ich schon für ein wenig Aufruhr sorgen. Und wenn dies hier mein Zuhause sein soll, gehe ich es lieber vorsichtig an.

Sie dachte an den Roman, den sie in ihrem ersten Jahr am College gelesen hatte: *Ein Yankee am Hofe des König Artus.*

Nur wusste Kat eines mit Sicherheit: Ihr Zuhause in der 231st Street in der Bronx war gewiss keine Farm in Connecticut gewesen.

Dann, als sie mit Harry an den Ständen entlangschlenderte und einfach genoss, was es hier zu sehen gab, während sie überlegte, wie sie sich anpassen müsste – sah sie jemanden.

»Harry«, sagte sie und berührte seinen Arm. »Da drüben an dem Stand mit Garn und Wolle, das ist sie.«

»Ja, stimmt.«

Er blickte sie an. Ohne dass sie es aussprechen mussten, wusste Kat, dass Harry es für besser hielt, wenn sie mit dem Mädchen redete.

»Bist du bereit?«

Kat nickte. Nun gingen sie direkt auf Jenny zu, das junge Hausmädchen, das Coates vielleicht geliebt hatte. Und das womöglich Teil seines Plans gewesen war.

14. Die Wahrheit über Alfred Coates

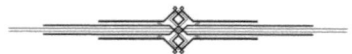

Kat berührte die Schulter des Mädchens. Jenny trug eine Tasche voller Einkäufe vom Markt, und ein grünes Büschel Möhrenkraut lugte oben heraus.

Erschrocken drehte sie sich um.

»Oh! Sir Harry ... Mylady ... ich, ähm ...«

Kat lächelte. »Jenny, mein Mann und ich hatten gehofft, dass wir mit Ihnen reden können.«

Kat bemerkte, wie Jenny sich rasch umblickte. Was eben noch wie eine freundliche, beinahe mittelalterliche Szenerie gewirkt hatte, in der Leute die frischesten Waren einkauften, schien nun finsterer, als hätten sie das junge Mädchen in die Enge getrieben.

Jenny nagte an ihrer Unterlippe. »Reden? Worüber?«

Kat holte tief Luft. »Alfred Coates.« Das Mädchen biss fester zu ... »Was Sie vielleicht wissen.«

Hierauf blickte Jenny sich nicht mehr um, sondern direkt zu Kat. Ihre Augen wirkten traurig, resigniert, als wäre nun das Unvermeidliche eingetreten.

»Ja«, sagte sie so leise, dass es fast geflüstert war. »A-aber nicht hier. Irgendwo, wo es ruhiger ist.«

Harry trat einen kleinen Schritt näher und senkte die Stimme.

»St. Thomas? Eine der hinteren Bänke dort?«

Natürlich kannte Harry jeden Winkel dieses Dorfes, wurde Kat erneut bewusst. Für sie war alles hier neu – aber nicht für ihn.

Jenny nickte, und als würden sie eine ertappte Schuldige abführen, begleiteten sie Jenny weg von den Standreihen und dem Marktplatz und zurück die Hauptstraße hinauf zur imposanten Kirche, die über dem Ort thronte.

Harry schaute sich in der Kirche um, wo durch die Buntglasscheiben farbiges Licht auf die Bänke und die Kanzel fiel. *Wie viele Predigten habe ich als Junge hier angehört?*

Und obwohl er nicht glaubte, dass ihm die Worte des Pfarrers echten Trost gespendet hatten – nicht in jenen frühen Jahren, als Lavinia ins Herrenhaus gezogen war, um sich um Harry zu kümmern –, schien damals dieser Ort, die Stille, die tiefen Orgelklänge, die Chorstimmen … alles irgendwie besser zu machen.

Er wusste, dass in einer der Seitenkapellen eine Tafel mit wenigen Namen angebracht war. Und die seiner Eltern standen auch dort.

15. April 1912.

Harry hatte es stets gemieden, die Tafel anzusehen.

Rechter Hand entdeckte er etwas Neues. Eine große Marmortafel.

Und oben, in Gold eingraviert, stand: *Im stolzen Andenken an die tapferen Männer von Mydworth, die ihr Leben im Großen Krieg 1914-1918 gaben. Auf dass wir sie nie vergessen.*

So viele Namen in solch einem kleinen Ort. Freunde, die Harry gekannt hatte. Andere nur flüchtige Bekannte. Zu beiden Seiten des Konflikts waren es praktisch Jungen gewesen, die gegeneinander gekämpft hatten. Aber eben nicht auf einem Fußball- oder Cricketfeld.

Sondern in schlammigen, rattenverseuchten Gräben auf den Feldern Flanderns.

Langsam las Harry die Liste der Namen durch, ließ keinen einzigen aus.

Dann drehte er sich zu Kat um, die dicht neben Jenny saß. Die Kirche war leer. Vorn brannte eine Reihe kleiner Kerzen.

Kat nahm sich Zeit. Und Harry erkannte, dass sie gut hierin war. Sicher hatten sie die Jahre geschult, in denen sie eidesstattliche Aussagen für den New Yorker Anwalt aufgenommen hatte. Und vielleicht war es auch, dachte er bei sich, das Ergebnis ihrer mysteriösen Arbeit für das Außenministerium …

Fürs Erste hörte Harry nur zu.

»Jenny …«

Harry sah, wie Kat zögerte, den geflüsterten Namen in der Luft schweben ließ.

»Wir wissen das von Ihnen und Alfred.«

Die Unterlippe des Mädchens bebte leicht. »Sie wissen. Von …?«

»Dass Sie und Alfred sich nahestanden, sich vielleicht sogar«, hier legte Kat ihre Hand auf Jennys, »geliebt haben.«

Jenny nickte nur. »I-ich bekomme keine Schwierigkeiten, oder? Ich meine, werde ich von der Polizei verhört?«

Das hängt ganz davon ab, was genau Jenny in den nächsten Minuten sagt oder enthüllt, dachte Harry.

Kats Antwort war perfekt: »Wir sind nicht die Polizei, Jenny. Wir möchten nur Lady Lavinia helfen und erfahren, was genau geschehen ist. Das verstehen Sie doch, nicht wahr?«

Wieder nickte das Mädchen.

Und Harry stellte verwundert fest, dass Kat lächelte. Dieses Lächeln war auf solch vielfältige Art entwaffnend!

118

»Sehr gut. Also, ich muss Sie fragen, was Sie gewusst haben. Über den Raub? Was Alfred geplant hatte?«

Jenny sah nach vorn zur Kanzel, zum Altar, zu den Fenstern, die sich nun verdunkelten, weil die Sonne nach Westen wanderte.

Sie brauchte lange, um sich ihre Antwort zu überlegen.

Doch als sie wieder zu Kat sah, sprudelten die Worte aus ihr heraus: »Wir hatten einen Plan. Ich meine, ich wollte nicht so ein Leben wie meine Mutter. Und er auch nicht. Keiner von uns wollte das ewig machen ... Bediensteter sein. Er hat gesagt, dass er weiß, wie man da rauskommt.«

Harry rückte ein wenig näher zu Kat, damit er alles hörte, und er dachte: Dieses Mädchen könnte uns alles erzählen.

»Raus?«, fragte Kat.

»J-ja, genau. Wie er uns beide rausholt.«

»Hat er gesagt, wohin? Gab es einen bestimmten Ort, zu dem er wollte?«

»Einen Ort? Nein, bloß ... raus. Weg.«

Harry bemerkte, dass Kat kurz zu ihm sah.

Falls Jenny die Wahrheit sagte, wusste sie nichts von Coates' Zugreservierung.

Und dass er nie vorhatte, mit dieser jungen Frau irgendwohin zu gehen. *Das arme Ding war belogen worden.*

Harry beobachtete, wie Kat sich wieder zu Jenny neigte. »Also, Jenny, hat Alfred Ihnen erzählt, *wie* er Sie beide rausholen wollte?«

»Er hat gesagt, dass Leute zu Besuch kommen würden, die mit Schmuck reisten. Reiche Leute, die so viel haben, und wir haben nichts.«

Harry musste etwas fragen, während Kat weiter Jennys Hand hielt. »Hat er Ihnen erzählt, dass er jemanden bestehlen wollte?« Jenny nickte. »Und wussten Sie, wen?«

Noch ein Nicken. »Lord und Lady Tamworth.«

»Hat er gesagt, wie er es anstellen wollte?«

»Ja … e-er hat gesagt, dass er sich in ihr Zimmer schleicht, wenn alle unten ihre Drinks vor dem Dinner nehmen.«

Noch ein Blick von Kat. Sie beide waren sehr vorsichtig.

»Bekomme ich jetzt Schwierigkeiten? Wird die Polizei es herausfinden und mich …?«

Harry sah, dass Kat die Hand des Mädchens drückte. Und deren Frage nicht beantwortete.

»Jenny, ich könnte mir vorstellen«, sagte Kat bedächtig, »dass er Sie gebeten hat, herauszufinden, wo Lady Tamworth ihre Juwelen aufbewahrt, und …«

Jenny schüttelte den Kopf.

»Nein, gar nicht. Er hat mich nie gebeten, *irgendwas* zu tun.«

Interessant, dachte Harry. *Nein, eigentlich … verwirrend!*

Mit dieser Antwort hatte er nicht gerechnet. Ein junges Hausmädchen, das sich ständig in den Zimmern von Reggie und Claudia bewegte, würde genau wissen, wo der Schmuck war.

Und dennoch, sollte sie die Wahrheit sagen – und Harry hegte keinen Zweifel, dass das verängstigte Mädchen ehrlich war –, schien Coates sie *nicht* um Hilfe gebeten zu haben.

Diese seltsame Enthüllung ließ Harry erst einmal auf sich einwirken.

Kat nahm sich einen Moment, um sich ihre nächste Frage zu überlegen. Sie hatte jene Antwort nicht erwartet – ganz und gar nicht. Warum sollte Coates ihre Hilfe nicht gebraucht oder genutzt haben? Hierfür fiel Kat keine vernünftige Erklärung ein. Aber es gab einen Punkt, auf den sie näher eingehen mussten.

»Jenny, ich glaube Ihnen. Und das heißt, dass Sie Mr Coates *nicht* geholfen haben. Sie waren nicht an dem Diebstahl beteiligt.«

Das Mädchen nickte sichtlich erleichtert.

»Soweit es Sie betraf, hätte alles bloß Gerede gewesen sein können. Aber was das angeht, muss ich Sie noch etwas anderes fragen.«

Dies war ein großer Moment, denn es ging darum, zu erfahren, was wirklich am Vorabend passiert war.

»Da war ein anderer Mann, der Alfred geholfen hat. Er konnte mit dem meisten Schmuck fliehen.«

Eine Pause entstand, und Jenny blickte Kat in die Augen.

»Hat Alfred je von diesem anderen Mann gesprochen? Von diesem Komplizen?«

Nun schüttelte Jenny sehr langsam den Kopf. »Nein. Er hat bloß gemeint, dass er es machen wollte. Dass alles geplant war. Das hat er immer wieder gesagt. Und dass ich mir keine Sorgen machen soll. Es sei alles ›geregelt‹, hat er gesagt. Aber er hat keinen anderen erwähnt.«

Kat fühlte, wie sich Harry, der ruhig neben ihr gesessen hatte, rührte.

»Jenny«, sagte er, »kann es sein, dass Alfred einen Komplizen hatte und es Ihnen nicht erzählt hat?«

Ihrem Gesichtsausdruck nach fand Jenny die Frage unverständlich.

»Nein, Mylord. Alfred hat mir *alles* erzählt. Wenn es jemand anders gegeben hätte, hätte er das gesagt«, antwortete sie bestimmt.

»Ja, hätte er sicher, Jenny«, stimmte Kat ihr zu.

»Ist das alles?«, fragte das Mädchen. »Darf ich gehen? Mum wird sich wundern, wo ich bleibe.«

»Nur noch eine letzte Frage«, sagte Kat. »Hat Alfred jemals Salisbury erwähnt?«

»Salisbury?«, wiederholte Jenny verwirrt. »Warum sollte er?«

»Er hat nie darüber geredet, dass er dorthin wollte? Oder Freunde in der Gegend hatte?«

Jenny schüttelte den Kopf. »Salisbury ist meilenweit weg!«

»Ist es«, bestätigte Harry lächelnd. »Was ist mit Frankreich? Hat er mal über Frankreich geredet?«

Doch Jenny verneinte abermals verwirrt. Kat war sich nun sicher, dass Coates nicht geplant hatte, Jenny mit an die Riviera zu nehmen. *Wen auch immer er sich an seinem Arm, auf der Promenade von Nizza schlendernd, vorgestellt hat, dieses Mädchen vom Lande war es nicht.*

Wahrscheinlicher war, dass er Jenny benutzen wollte, sollte er Hilfe bei dem Diebstahl brauchen. Falls er Unterstützung benötigt hätte, um in das Zimmer zu gelangen, das Schmuckversteck zu finden oder für Ablenkung zu sorgen.

Mit anderen Worten: Dieses leichtgläubige Mädchen war lediglich seine … Versicherung gewesen.

Kat sah zu Harry. Sie konnten den Toten nicht befragen, daher hatten sie nur, was Jenny ihnen erzählte. Und das Mädchen wusste eindeutig nichts von dem zweiten Mann, der aus dem Londoner East End kam – oder aus Salisbury.

Womit sich noch eine Frage aufdrängte: Gab es mehr, was Alfred Coates diesem Mädchen *nicht* erzählt hatte?

In diesem Moment ging die Kirchentür mit einem Knarzen auf, das durch das Gewölbe hallte. Eine alte Frau kam merklich wacklig herein. Vielleicht suchte sie ein wenig Stille für ein Gebet.

Kat blickte abermals zu Harry und drückte die Hand des Mädchens ein letztes Mal, um Jenny zu bedeuten, dass die Unterhaltung beendet war.

Es wurde Zeit zu gehen.

15. Zeit für Cocktails

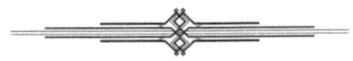

Harry lenkte den Alvis durch das Tor von Mydworth Manor und verlangsamte den Wagen, als sie die lange Kieszufahrt über die offenen Weiden hinauffuhren.

Sie waren beim Dower House gewesen, um den Wagen zu holen – Kat wollte dringend ihr Gepäck bei sich haben.

Vor dem Haus hatten sie sich nicht länger aufgehalten, denn sie beide wollten »stilvoll« hier ankommen, wie sie es geplant hatten.

Und überhaupt hatten sie einiges zu besprechen. Wichtige Angelegenheiten.

Harry blickte hinüber zu Kat, die über die Weiden, die von Schafen gesprenkelten Wiesen und zu dem Wild sah, das sich gelegentlich aus dem Wald hervorwagte.

Sie hatte die Nadeln aus ihrem Haar genommen, sodass es sich hinter ihr im Wind bauschte.

Wunderschön, dachte Harry.

»Nun, Ermittlerin Reilly, was denkst du?«

Sie wandte sich zu ihm. »Ich denke, dass hier etwas nicht passt.«

»Aha?«

»Angefangen mit Jenny. Meinst du, sie sagt die Wahrheit?«

»Es kam mir so vor«, antwortete Harry.

»Mir auch. In dem Fall – wenn sie ihm *nicht* geholfen hat, woher wusste Coates, wo der Schmuck versteckt war?«

»Er hat das Gepäck nach oben gebracht, schon vergessen?«

»Nein, aber es müsste ein glücklicher Zufall gewesen sein, sollte er ausgerechnet die richtige Tasche erwischt haben. Darauf konnte er sich nicht verlassen. Oder er musste damit rechnen, dass die Juwelen gleich Benton gegeben und weggeschlossen wurden.«

»Okay«, sagte Harry. »Also hat ihm jemand geholfen. Jemand anders vom Personal?«

»Ja, das dachte ich auch. Vor allem nach dem, was Huntley über die Blumenbeete gesagt hat. Aber wenn es stimmt, haben wir nicht viel Zeit, um herauszufinden, wer es ist.«

Harry wurde noch langsamer, als der Weg in das Waldstück führte.

»Willst du der Polizei von der Zugreservierung erzählen?«, fragte Kat.

»Ich rufe Timms an. Er kann den Zug nach Paris observieren lassen. Falls der Plan war, auf den Kontinent zu fliehen – vielleicht dort den Komplizen zu treffen –, wird Coates' Kumpel längst weg sein.«

»Und der Schmuck mit ihm.«

»Ja, richtig. Ich fürchte, wir haben keine guten Neuigkeiten für Lavinia.«

»Wir haben überhaupt nicht viele Neuigkeiten, Harry«, sagte Kat. »Nur einen Haufen Rätsel.«

»Und das von den sieben Kugeln ist nicht das kleinste, hm?«

»Ah ja – das auch.«

Sie kamen aus dem Wald, und vorn schimmerte das Herrenhaus in der Nachmittagssonne. Harry fuhr an der

Hausfront vorbei, um den Springbrunnen herum und zu den Ställen, wo er neben den Automobilen der Gäste parkte.

Wie es aussah, waren die Reiter zurück: Pferde standen auf der Koppel, und einige Stallburschen aus dem Ort putzten nach dem Ausritt alles mit Besen und Wassereimern.

Harry und Kat stiegen aus, und Harry hob ihre Koffer aus dem Wagen. Als er aufsah, kam Lavinia mit einem der großen Grauschimmel aus dem Stall, die sie so gern ritt. Die Flanken waren noch glänzend von Schweiß.

»Aha, meine beiden ›Detektive‹!«, rief sie. »Habt ihr den Fall schon gelöst?«

Harry schmunzelte. »Nicht ganz«, antwortete er.

Er beobachtete, wie Kat auf das Pferd zuging und ihm selbstbewusst die Hand hinstreckte. Das Tier schien instinktiv zu wissen, dass es ihr trauen konnte.

»Oh, du reitest?«, fragte Lavinia sie.

»So oft ich kann.«

»Wunderbar! Die Reitwege hier sind hervorragend.«

»Meine Stiefel und Reitsachen sind in einer der Reisetruhen – sonst wäre ich heute schon mitgekommen.«

»Wir tauschen beim Dinner Reitgeschichten aus«, sagte Lavinia. »Das wird übrigens früh stattfinden. Wie sich herausgestellt hat, möchten einige der Gäste morgen sehr früh aufbrechen.« Dann wandte sie sich an Harry. »Ich sage Benton, dass er sich um euer Gepäck kümmern soll. Wie wäre es, wenn ihr mir in der Zwischenzeit beim Ausmisten helft und mir erzählt, was ihr so getrieben habt?«

Kat lehnte sich in der Badewanne zurück. Das Wasser war so heiß wie in jenem dampfenden Hamam, den sie einst mit ihren Freundinnen aus der Botschaft in Istanbul besucht hatte. Es ging nichts über ein echtes türkisches Bad! Nur für Frauen natürlich, mitsamt Massage von einer Riesin ohne jeden Humor und mit Schlachterarmen.

Dieses Badezimmer hingegen – ihr eigenes gleich neben dem Ankleidezimmer – war ausgesprochen englisch. Die Rohre hatten geklappert und geächzt, als das sengend heiße Wasser – wahrscheinlich nach wie vor eine Rarität für viele Leute in der Gegend – endlich dampfend aus dem Hahn gekommen war.

Und die Wanne mit den Klauenfüßen sah aus, als wäre sie schon seit der Zeit des Unabhängigkeitskrieges in Benutzung.

Nun jedoch, befüllt mit einem duftenden Schaumbad, war sie das perfekte Gegengift zu einer Stunde Stallausmisten – und einem Tag frustrierender Nachforschungen.

Harry war ans Telefon gerufen worden und schon eine halbe Ewigkeit fort – womit Kat Zeit vor den Cocktails und dem Dinner blieb, im Geiste noch einmal alles durchzugehen, was Lavinia vorhin im Stall gesagt hatte: *»Der arme alte Reggie ist ruiniert. Letztes Jahr hat er die Hälfte seines Vermögens an den Kartentischen verloren – und so ziemlich den Rest nun durch all die Unruhen in Malaysia. Ich fürchte, diesen Schmuck einzubüßen ist sein Ende.«*

Wie es sich angehört hatte, hatte Reggie – offenbar ein Fernost-Experte – groß in Kautschukplantagen investiert. In dieselben Plantagen, von denen Harry gesagt hatte, dass sie in ernsten Schwierigkeiten steckten – und sich wohl nicht wieder erholen würden.

Mit ihnen gingen viele Anleger unter.

Wie Harry hatte auch Kat Mitleid gehabt, als sie die Geschichte gehört hatte. Doch nun, inmitten der duftenden Seifenblasen, dachte sie anders über den Fall.

Was, wenn Coates gar nicht der eigentliche Kopf hinter dem Diebstahl war? Was, wenn es keinen »zweiten Mann« gibt?

Schließlich hatten sie keine Spur unten von einem Flüchtenden gefunden. Und dann war da noch der Umstand, dass Coates keine Hilfe benötigt hatte, um den Schmuck zu finden. Konnte es sein, dass die ganze Sache ein abgekartetes Spiel gewesen war – ein Betrug, der furchtbar schiefgegangen ist?

Was, wenn der freundliche, aber bankrotte und verzweifelte Lord Tamworth – untadeliges Mitglied des englischen Adels – den ganzen Diebstahl geplant hatte, um die Versicherungssumme zu bekommen?

Mittel, Motiv, Gelegenheit. Sind das nicht die Regeln bei jedem Verbrechen?

Auf jeden Fall war das das Mantra ihres Mentors in New York gewesen.

Und Reggie konnte alle drei bieten. Er hatte die Waffe. Er brauchte das Geld. Und er hatte mit den unbewachten Juwelen und seiner Frau, die ihn deckte, für die ideale Gelegenheit gesorgt.

Was also, wenn Reggie der wahre Bösewicht war?

Alles, was Harry und ich herausfinden müssen, ist, in welcher Verbindung er zu Coates gestanden hat.

Harry legte den Hörer auf, trug eine letzte Notiz in sein kleines Büchlein ein, steckte es in seine Jackentasche und lehnte sich in dem Dielensessel zurück. *Was haben die Leute nur gemacht, bevor das Telefon erfunden wurde?*

Diese beiden Telefonate waren zumindest sehr nützlich gewesen.

Zunächst das mit Sergeant Timms. Timms war sehr dankbar für die Information über die Zugfahrkarte gewesen und hatte versprochen, die französische Polizei um Amtshilfe zu bitten und die Bahnhöfe im Lande überwachen zu lassen.

Es gab immer noch keine Spur des Komplizen. Timms vermutete, dass der Mann ein professioneller Dieb war. Doch alle verfügbaren Kräfte waren in Alarmbereitschaft, und sicher würden sie ihn bald fangen.

Harrys zweiter Anruf war etwas unkonventioneller gewesen. Er hatte mit einer Quelle gesprochen, die der Polizei nicht zugänglich war: seinem alten Offiziersburschen Alfie Withers.

Vor dem Krieg hatte Alfie im Pentonville Prison eingesessen, infolge eines – wie er schwor – kleinen »Missverständnisses«. Und obwohl er heute ohne Frage anständig war und sich um Harrys Londoner Wohnung kümmerte, genoss er als »alter Knastbruder« gewisse Privilegien: *die Bruderschaft der ehemaligen Häftlinge.*

Privilegien, die ihm Zugriff auf ein Informationsnetzwerk erlaubten, das sogar dem offiziellen, zu dem Harry beim Außenministerium gehört hatte, haushoch überlegen war.

Alfie hatte den ganzen Tag Nachforschungen zu dem verstorbenen Alfred Coates angestellt, und was er Harry erzählt hatte, war sehr interessant.

Überaus interessant, fürwahr.

Anscheinend hatte Alfred unter dem Personal auf den großen Landsitzen einen gewissen Ruf genossen: *Kein Mann, dem man trauen sollte. Achtet auf das Tafelsilber. Passt auf eure Frauen und Töchter auf.*

In den letzten fünf Jahren war Coates bei vier Häusern in Stellung gewesen – und hatte sich in keinem länger als sechs Monate gehalten.

Unter den Bediensteten war weidlich über seine »Überheblichkeit« getratscht worden, und erst im letzten

Jahr hatten Lord und Lady Arbuthnot ihn entlassen – der exakte Grund seines »Fehlverhaltens« war nicht genannt worden.

Dennoch war es ihm immer gelungen, die besten Referenzen zu bekommen – und niemand wusste recht, wie. Außerdem war er stets gefragt gewesen – vor allem bei Arbeitgebern, die auf den Kontinent reisten. Anscheinend hatte Coates hervorragend Französisch gesprochen, als Fahrer beim Generalstab während des Krieges hatte er es aufgeschnappt.

Auch nicht schlecht, dachte Harry. Und allemal besser, als sich mit Granaten bewerfen zu lassen.

Könnte die Armee Reggies Verbindung zu Coates sein? Hatten die beiden gemeinsam in Frankreich gedient? Möglich wäre es. Und so wenig, wie Harry sich für Kriegsgeschichten begeisterte, hatte er doch das Gefühl, dass Reggie ihm gern ruhmreiche Anekdoten erzählen würde, sollte er das Gespräch in die Richtung lenken.

Er hörte die Uhr in der Bibliothek schlagen: sechs Uhr.

Dann sah er hinüber zum Empfangsbereich im Salon. Benton und seine Leute bereiteten alles für die Drinks vor. Aus der Küche wehten köstliche Düfte herbei – und alle Gäste mussten jetzt oben sein.

Nur noch eine Stunde bis zum frühen Dinner.

Und morgen, gleich nach dem Frühstück, wollten Reggie und Claudia abreisen.

Uns läuft die Zeit davon.

»Ah, da bist du ja«, sagte Kat, als Harry an die Tür zur Ankleide klopfte und eintrat.

»Wow! Was ist aus dem Mädchen mit dem Stroh im Haar geworden?«

Kat lachte. »Dieser Bauernhof-Stil ist *so* passé«, sagte sie und drehte sich um, damit er den Reißverschluss ihres Kleides schließen konnte. Es war das aus schwarzer Seide mit den diamantfarbenen Trägern, von dem sie wusste, dass er es sehr mochte. »Jetzt sei ein Schatz, ja?«

Sie wartete auf die vertraute sanfte Berührung an ihrer Schulter, dann das Gleiten des Reißverschlusses – gefolgt von einem Kuss in ihren Nacken.

Immer wieder eine Wonne.

»So«, sagte er und drehte sie um. »Und darf ich sagen, Madam, dass du heute Abend absolut exquisit aussiehst?«

»Du darfst. Und was hat dich aufgehalten? Ich habe ein herrliches Bad genommen und mir eigentlich vorgestellt, du wärst zeitig zurück, um dich zu mir zu gesellen.«

»Hast du das?« Harry umfing ihre Taille. »Du wirst die Bediensteten mit dieser kühnen amerikanischen Art verschrecken, weißt du das?«

»Ach ja?«, sagte sie und rückte näher, bis sich ihre Nasenspitzen berührten. »Dich scheint sie nicht zu schrecken.«

»Oh, ich bin auch aus härterem Holz geschnitzt.«

»Hm. Ich gehe davon aus, dass du es mir später beweist.«

»Versprochen«, sagte er, küsste sie und trat zurück. Seine Augen leuchteten. »Und ich breche nie ein Versprechen.«

»Schön«, sagte sie. »Jetzt beeil dich lieber mit dem Umziehen. Ich bin bereit für Cocktails.« Sie beobachtete, wie er zu seinem Kleiderschrank ging und sein Dinnerjacket, ein Hemd und Manschettenknöpfe hervorholte. »Übrigens«, sagte sie, während sie ihm genussvoll dabei zuschaute, wie er sich fürs Dinner ankleidete, »habe ich mir einige Gedanken zu dem Diebstahl gemacht.«

»Ich auch.« Er zog sein Jackett und danach das Hemd aus. »Du zuerst.«

»Was ist, wenn es keinen zweiten Mann gibt?«, fragte sie.

»Oder vielmehr«, sagte Harry, »lass mich raten – zwei Seelen und so: Was ist, wenn der zweite Mann Reggie ist?«

»Genau! Aber, Harry, wie bist du darauf gekommen?«

»Durch simples Streichen aller anderen Möglichkeiten«, antwortete er und steckte die Manschettenknöpfe unten in die Ärmel, bevor er mit seiner Krawatte zu ihr kam.

Sie stand auf und legte sie ihm um den Hals. »Es war ein Versicherungsbetrug.«

»Richtig«, sagte Harry. »Aber irgendwie ging er schief.«

»Ja! Vielleicht sollte Claudia nicht während der Cocktails nach oben ins Zimmer gehen.«

»Stimmt. Also ist Reggie ihr gefolgt.«

»Und fand sie, wie sie mit Coates rang«, sagte Kat und wand Schlaufen in die Krawatte.

»Okay. Und dann erschoss er Coates, als der fliehen wollte. Er konnte nicht riskieren, dass der Mann redete und alles preisgab. Meinst du, so war es?«

Kat nickte. »Danach greift er sich den restlichen Schmuck, stopft ihn in seine Tasche ...« Sie holte Luft und dachte nach. »Claudia war eingeweiht«, sagte sie und zog den Knoten stramm.

»Kann sein, kann aber auch nicht sein. In dem Aufruhr könnte sie nicht gesehen haben, wie Reggie den Schmuck einsteckte.«

»Reggie geht ans Fenster, leert den Revolver und erfindet den Komplizen.«

»Ah, nein, warte«, sagte Harry, der seine Krawatte vor dem Spiegel richtete und sich wieder umdrehte. »Claudia hat gesagt, dass es *zwei* Männer waren, weißt du noch? Sie hat den anderen sogar beschrieben.«

Kat überlegte. »Hm, stimmt. Na gut. Wie wäre es damit: Reggie sagt ihr ... ich weiß nicht ... etwas wie: ›Tu, was ich dir sage, und wir können das zu unserem Vorteil nutzen.‹ Natürlich nicht wortwörtlich. Ginge das?«

»Hm, vielleicht.« Harry zog sein Jackett über. »In dem Fall ist sie Teil des Betrugs, nur zu spät zur Party?«

»In letzter Minute eingeladen sozusagen, aber ja. Obwohl, warte mal ...«

»Warum die sieben Schüsse?«

»Eben«, sagte Kat. »Sieben Schüsse. Und ... wie passen Reggie und Coates zusammen?«

»Tja, wenn wir das wüssten, wäre alles in trockenen Tüchern. Aber zumindest habe ich einige – ich glaube, bei euch heißt es ›Feinheiten‹ – zu Coates erfahren. Er scheint wahrlich eine recht belebte Vergangenheit gehabt zu haben.«

»Deine geheimen Londoner Kontakte?«

»In der Art. Also ist der Plan für heute Abend, dass wir mit Reggie und Claudia reden, ja?«

»Und hoffen, dass sie etwas verraten.«

»Kein überragender Plan, Harry, oder?«

»Nein, aber er ist alles, was wir haben«, antwortete er und knöpfte sein Jackett zu. »Noch wichtiger, wie sehe ich aus?«

»Du bist der bestaussehende Mann der Welt«, sagte Kat.

»Und du bist die allerwunderschönste Frau. Gibt es das Wort?«

»Wen schert's?« Kat beugte sich zu einem Kuss vor. »Genug der Komplimente, gönnen wir uns einen Drink.« Hiermit nahm sie ihre Abendhandtasche und ging zur Tür.

»Worauf du deinen Hintern verwetten kannst!«, sagte Harry und überholte sie, um ihr die Tür aufzuhalten.

Kat lachte. »Deine Ausdrucksweise dieser Tage ist eine Schande, Harry Mortimer.«

»Erst seit ich dich kenne, Kat Reilly.«

»*Lady Mortimer*, wenn ich bitten darf«, erwiderte sie und hakte sich bei ihm ein, als sie gemeinsam zur breiten Treppe und nach unten gingen.

16. Bereit zum Dinner

Harry musste sich nicht sehr anstrengen, Reggies Aufmerksamkeit zu gewinnen. Lord Tamworth fing ihn in dem Moment ab, in dem Benton ihm einen Martini einschenkte. Er zog Harry weg von den anderen Gästen in eine ruhige Ecke.

Dort standen sie an der offenen Terrassentür. Die Abendluft war noch warm, sanftes Sonnenlicht schien auf den makellosen Rasen, und der Springbrunnen gurgelte leise.

Da Reggie schon ziemlich angetrunken war, hoffte Harry, dass es auch aus ihm demnächst *sprudeln* würde.

»Ich frage mich nur, ob du heute noch mehr gehört hast, alter Knabe«, sagte Reggie, der die Stirn runzelte.

»Mehr?«, fragte Harry unschuldig, obwohl er wusste, was Reggie meinte.

»Malaysia, mein lieber Junge, Malaysia. Die Börse macht am Montagmorgen wieder auf, und alles, was ich vorher weiß, kann mir eine erhebliche Summe retten.«

»Bedaure, Reggie«, antwortete Harry wahrheitsgemäß. »Ich weiß auch nicht mehr als du.«

»Verdammt! Ein Jammer. Ich hatte dich vorhin am Telefon gesehen und dachte, dass du vielleicht die neuesten Nachrichten erfährst, du weißt schon.«

»Wie gesagt, das ist nicht mein Gebiet«, sagte Harry.

»Ich war für Nahost zuständig. Aber rein aus Interesse, Reggie, wie bist du überhaupt auf die Idee gekommen, in diesem Markt zu investieren? Das ist verdammt riskant.«

»Ich habe da im Krieg gedient, alter Knabe. Penang-Verteidigung – solange es dauerte.«

»Ah. Ich dachte, ähm ... Dann warst du nie in Frankreich?«

»Oh nein. Die furchtbare Vorstellung habe ich komplett verpasst. Vermutlich hätte ich das auch nicht überlebt – haben ja nicht viele –, also war es vielleicht gut so.«

Harry nickte. *Interessant.* Demnach gab es keine Armee-Verbindung zwischen Reggie und Coates. Harry blickte sich um und sah, dass Kat mit Lavinia und Claudia plauderte.

»Darf ich dir noch einen Nachschlag holen, Reggie?«, fragte er und leerte sein Glas.

»Famose Idee! Ich komme mit«, antwortete Reggie.

Und Harry ging voran zu Benton und den Drinks.

Während Lavinia mit Claudia darüber sprach, was sie zum Staatsbankett tragen wollte, nippte Kat an ihrem Martini und beobachtete die Frau aufmerksam.

Der Stress der Ereignisse an diesem Wochenende hatte eindeutig seinen Preis gefordert. Lady Tamworth hatte dunkle Schatten unter den Augen, also vermutlich kaum geschlafen.

Dennoch schien sie sich sehr auf den großen Anlass zu freuen. Das einzige Problem war, was sie anziehen sollte.

»Alle drei Diademe sind natürlich weg, Lavinia. Alle!«

»Schrecklich«, sagte Lavinia. »Und die Sachen, die Coates bei sich hatte?«

»Ein oder zwei waren wertvoll, das schon. Aber es war das andere Fach, in dem meine wahren Schönheiten waren. So nenne ich sie, musst du wissen. *Meine Schönheiten.* Und mein Vermögen!«

»Dieser entsetzliche Coates. Ich kann nicht glauben, dass Benton nicht bemerkt hat, was für ein Schurke er war.«

»Bitte, du darfst Benton keinen Vorwurf machen«, sagte Claudia.

»Sergeant Timms sagte, dass Coates und sein Partner teuflisch schlau gewesen sein müssen, um das zu planen und damit durchzukommen.«

»Ich nehme an, Sie können zumindest die Versicherungssumme einfordern«, sagte Kat, die sah, dass Harry mit Reggie zu ihnen kam.

»Versicherung?«, wiederholte Claudia, als hätte Kat etwas Unanständiges gesagt.

»Meine liebe Kat«, erklärte Lavinia. »Die Versicherung kann *niemals* ersetzen, was an Familienerbstücken verloren ist. Die Geschichte dahinter. Die Erinnerungen.«

»Selbstverständlich«, sagte Kat und dachte daran, dass ihr einziges Familienerbstück ein Bierkrug aus Zinn war, den ihr Großvater aus seiner alten Heimat mitgebracht hatte.

Gut, um ein kaltes Bier zu trinken, aber das war es auch schon!

»Trotzdem«, sagte Harry, der nun bei ihnen war, »könnte das Geld helfen, den Schock ein wenig zu dämpfen, was, Reggie? Ein paar Tausend Guineas?« Harry atmete tief ein. »Vielleicht mehr als ein paar?«

Kat bemerkte, wie Reggie und Claudia einen Blick wechselten – als hätten sie vereinbart, nicht über das Thema zu sprechen.

»Ja, nun, ähm ...« Reggie senkte die Stimme. »Wir werden uns immer noch sehr einschränken müssen.«

»Sicher wird es nicht so schlimm sein«, sagte Lavinia.

»Wir müssen unsere Reisen streichen«, entgegnete Reggie.

»Oh nein!«, sagte Lavinia. »Aber, Claudia ... All die hübschen Partys mit den Murphys!«

»Gerald Murphy?«, fragte Kat verwundert. Gerald und Sarah Murphy waren ein berüchtigtes Paar aus Boston, enorm vermögend, das heute wie der Hochadel in Südfrankreich lebte. *An Bargeld mangelt es denen jedenfalls nicht.*

»Kennst du ihn, meine Liebe?«, fragte Lavinia unverhohlen überrascht.

»Nicht persönlich«, antwortete Kat.

»Ich auch nicht, Tante«, sagte Harry, der nun grinsend neben Kat stand. »Aber eine Einladung von *dem* Paar würde ich nicht ausschlagen. Wie ich hörte, bringen sie die Riviera zum Kochen.«

»Jeder, der *jemand* ist, besucht sie«, erklärte Lavinia. »Die sagenhaft Reichen und fantastisch Begabten. Ich muss wirklich mal selbst eingeladen werden.«

Kat sah, wie Claudia mit den Schultern zuckte. »Sarah Murphy ist eine liebe Freundin. Reggie und ich haben letztes Jahr den Juni mit ihnen verbracht.«

»Wirklich?«, fragte Harry. »Wie heißt noch mal das kleine Nest – erinnert mich! Antibes, stimmt's?«

»Ja«, antwortete Claudia.

»Und so klein ist es nicht«, ergänzte Reggie schmunzelnd.

»Nicht dass Reggie viel davon gesehen hätte«, sagte Claudia, die alle anlächelte, als wäre Reggie nicht da. »Er hat es vorgezogen, die Küste weiter hinauf nach Nizza zu fahren – nicht wahr, Liebling?«

Kat beobachtete Harry. Er lenkt dieses Gespräch, dachte sie. Und es ist interessant, das mitzuerleben.

»Zu den Spieltischen, was, Reggie?«, fragte Harry augenzwinkernd.

»Spieltische? Hm, ja, nun, vielleicht war ich ein- oder zweimal im Casino. Ich konnte nur all dieses unsinnige Sonnenbaden nicht ertragen. Das Herumsitzen und Champagnertrinken mit lauten amerikanischen Filmstars.«

»Da bin ich ganz auf deiner Seite, Reggie«, sagte Harry. »Und überhaupt liebe ich Nizza. Hast du eine Empfehlung, wo man am besten wohnt?«

»Im Hotel Negresco natürlich. Das ist ein Muss. Alles andere ist indiskutabel.«

»Dann *muss* ich dort wohl mal hin.« Harry sah Kat an und nickte ihr kaum merklich zu.

Das Negresco, dachte sie und erwiderte seinen Blick. *Könnte das Hotel die Verbindung zwischen Coates und Reggie sein? Falls ja – gut gemacht, Harry!*

Nun mussten sie nur noch herausfinden, ob Coates letzten Juni dort gewesen war, und die Polizei könnte den Rest erledigen.

Sie sah zu Reggie, dem nicht bewusst zu sein schien, was er eben gestanden hatte.

Sollten Harry und sie recht haben – war es nicht nur ein Eingeständnis von Versicherungsbetrug, sondern auch *Mord.*

Bevor sie mit Harry sprechen konnte, ertönte der Gong aus der Diele: Benton verkündete, dass das Dinner bereit war.

»Wollen wir?«, fragte Lavinia und hakte sich bei Claudia ein. »Versuchen wir, die schrecklichen Vorkommnisse von gestern zu vergessen und wenigstens einen *normalen* Abend zu genießen, ja?«

»Zu gern, Lavinia«, antwortete Claudia, und Kat folgte ihnen und den anderen Gästen zum Esszimmer.

»Ich wollte dir noch für deine freundlichen Worte im Gästebuch danken, Claudia«, sagte Lavinia. Dann wandte sie sich zu Kat und nickte in Richtung des großen, ledergebundenen Bandes auf einem Sideboard. »Trage dich bitte auch dort ein, meine Liebe, ja? Zur Erinnerung für uns alle an deinen ersten – und so ungewöhnlichen – Besuch in Mydworth Manor.«

»Natürlich.« Kat ging hinüber zu dem Buch und klappte den schweren Einband auf.

Sie blätterte durch die Seiten und erkannte einige der Namen früherer Besucher: Schauspieler, Schriftsteller, sogar unbedeutendere Mitglieder der Königsfamilie.

Bei Gott, Lavinia hat einige Prominenz auf Wochenendgesellschaften hier gehabt!

Schließlich kam sie zu diesem Wochenende und las die Einträge durch. Manche umfassten lediglich ein oder zwei Zeilen, andere waren länger.

Claudias war einer der letzten. Ein ganzer Absatz überschwänglichen Dankes und die ausdrückliche Bitte, Lavinia möge sich nie, niemals die Schuld an dem geben, was geschehen war.

Eine rührend persönliche Botschaft, dachte Kat.

Doch dann – ehe sie zu dem Schreiber im Tintenhalter neben dem Buch greifen konnte – hielt sie inne und starrte auf … die Unterschrift unter dem Eintrag.

Ein einzelnes Wort: *Claudia.* Mit sicherer Hand geschrieben. *Und das C in Claudia mit einem deutlichen Schwung.*

Derselbe Schwung, den Kat vorn auf dem Brief an Coates gesehen hatte.

Und unter dem Namen stand noch: *Tamworth Hall, Sutton Combe, Salisbury.*

Salisbury.

Wie auf dem Poststempel des Briefes. Der Brief an Coates war von Claudia gewesen!

Kein Wunder, dass Reggie keine Bedenken gehabt hatte, das Negresco zu erwähnen.

Für ihn war es gänzlich unverfänglich.

Hingegen bedeutete es für Claudia eine Menge, vermutete Kat. Irgendwie waren sie und Coates gemeinsam in Südfrankreich gewesen.

Was wiederum bedeutete, dass es Claudia war, nicht Reggie, die hinter allem steckte. Hinter dem Raub der Juwelen. Und den fehlenden Diademen? Nun, vielleicht waren sie gar nicht weg?

Möglicherweise hat Claudia sie noch.

Das ließe sich nur beweisen, wenn sie den Schmuck fanden. Und es gab nur eine Gelegenheit, ihn zu suchen – *jetzt.*

Kat trat von dem Gästebuch zurück und blickte sich um. Die Diele war verlassen, alle Gäste waren bereits im Esszimmer. Bis auf ihre Wenigkeit.

Auf Zehenspitzen schlich sie quer durch den Raum, bis sie ins Speisezimmer linsen konnte. Dort nahmen alle ihre Plätze ein. Diener und Hausmädchen machten sich bereit, den ersten Gang zu servieren.

Kat sah Harry am Ende des Tisches neben Reggie und Claudia, und irgendeine Ahnung ließ ihn aufblicken. Sofort reckte Kat zwei Finger und sagte tonlos: »*Zwei Minuten!*«

Er schien verwirrt, nickte aber.

Nun schlich Kat sich davon. Und eilte hinauf zu Lady Tamworth' Ankleidezimmer.

17. Gepackte Koffer

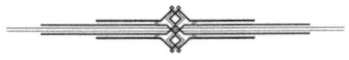

Kat öffnete die Tür zum Gästezimmer der Tamworth, schlüpfte hindurch und schloss sie rasch wieder hinter sich.

Sie blickte sich um. Es war offensichtlich, dass Reggie noch nicht gepackt hatte. Vor zehn Minuten noch hätte sie hier, in diesem Zimmer, mit ihrer Suche begonnen.

Doch Reggies Gepäck interessierte sie nicht mehr.

Sie ging in die Ankleide. Dort standen Claudias Taschen und Truhen aufgereiht.

Ein oder zwei waren aufgeklappt, andere geschlossen und die Riemen festgezurrt.

Wahrscheinlich abgeschlossen.

Als Erstes ging Kat zu den offenen Gepäckstücken – und fing an, sie auszupacken.

Ihr blieb nicht viel Zeit.

Harry löffelte seine Consommé Marsala – nicht schlecht, bedachte man, dass sie von einem mürrischen Schotten gekocht war – und lauschte höflich dem alten Künstler gegenüber, der allen »Das Elend mit dem Surrealismus« erläuterte.

Er sah zu Lavinia. Sie gab sich gebannt, nickte und schüttelte den Kopf in den richtigen Momenten.

Das Problem mit uns Engländern, ist, dass wir zu höflich sind, um andere zu unterbrechen.

Ganz sicher hätte Kat diesen öden Monolog nicht ertragen – sie hätte entweder das Thema gewechselt oder energisch widersprochen. Und sei es nur, um das Tischgespräch zu beleben.

»Wo ist Lady Mortimer?«, fragte Claudia neben ihm.

Die Frau muss Gedanken lesen können, dachte Harry.

»Ich habe keine Ahnung«, antwortete er.

»Sie ist schon recht lange weg.«

»Hm, ja, ist sie.«

»Weißt du, wohin sie wollte?«

Harry zuckte mit den Schultern. »Nach oben in unser Zimmer, vermute ich. Sicher kommt sie gleich.«

Zwei Minuten, hatte sie ihm bedeutet. *Aber zwei Minuten wofür?* Harry hatte keinen Schimmer.

»Ob es ihr nicht gut geht? Ihr könnte unwohl sein, Harry.«

»Hm, jetzt, da du es erwähnst, es *ist* ziemlich seltsam.«

Claudia legte ihre Serviette auf den Tisch und schob ihren Stuhl zurück.

»Ich gehe kurz nach ihr sehen«, sagte sie lächelnd.

Harry nickte. »Danke, Claudia! Das ist zu freundlich.«

Er blickte ihr nach, als sie ging. *Etwas stimmt hier nicht. Ich sollte auf der Hut sein.*

Claudia wirkte besorgt.

Aber nicht wegen Kats Gesundheit.

Kat leerte die letzten Taschen auf dem Boden aus und hockte sich frustriert auf ihre Fersen.

Nichts!

Drei Koffer und drei kleinere Taschen – und keine Spur von dem Schmuck.

Es ergab keinen Sinn. Sie begann, an ihrer Theorie zu zweifeln, obwohl sich die Hinweise häuften.

Dennoch leuchtete es überhaupt nicht ein. Außer Reggie war doch in den Betrug verwickelt – und die Juwelen irgendwie in seinem Zimmer versteckt.

Aber das glaubte Kat nicht. Alles wies darauf hin, dass Claudia allein gehandelt hatte – oder vielmehr zusammen mit Coates.

Die beiden hatten eine gemeinsame Geschichte, und sie hatten sich erst vor Monaten an der Riviera getroffen, um diesen kleinen Raub zu planen.

Was erklärte, warum Coates *gewusst hatte*, wo der Schmuck versteckt war. Der Plan könnte gewesen sein, dass er die Hälfte bekam, Claudia die andere Hälfte behielt und Reggie die Entschädigung von der Versicherung kassierte.

Keine Verlierer bei dieser kleinen Operation. Perfekt.

Doch etwas war schiefgegangen, auch wenn Kat jetzt nicht darüber nachdenken konnte, was. Wichtiger war, dass sie den Schmuck fand, bevor Claudia misstrauisch wurde.

Wieder sah sie zu den Taschen.

Könnten die Juwelen in einer Art Geheimfach versteckt sein? Falls ja, dann am ehesten in einem neuen, speziell angefertigten Koffer.

Sie griff nach dem neuesten. Er war aus glänzendem weißen Leder und sah teuer aus. Kat hob ihn hoch.

Schwer. Schwerer, als sie erwartet hätte. Schwerer, als er sein dürfte?

Aber wie komme ich an das Geheimfach?

Sie kramte zwischen den Kleidungsstücken und zog einen Schminkkoffer hervor, öffnete ihn und kippte den Inhalt auf den Teppich.

Ja, eine Nagelfeile – noch dazu eine scharfe.

Sollte sie sich irren, kämen einige peinliche Erklärungen auf Kat zu.

Sie drehte den Koffer auf den Kopf und strich mit der Feilenklinge am Innern entlang. Seide, die auf einer Art Brett befestigt war. Kat zog, bis sich das Brett löste.

Darunter war noch eine Schicht zu sehen, allerdings von Klemmen in den Ecken gesichert. Mit der Feile bog Kat die Klemmen auf.

Dann hob sie die Schicht – ein dünnes Blech – hoch, und als es zur Seite kippte, sah Kat … die Juwelen.

Die gestohlenen Juwelen.

Diademe, Halsketten, Armbänder, alles fest in Samt gebetet, glitzernd und funkelnd im letzten Licht, das durch das Fenster hereinfiel.

Ein atemberaubendes Vermögen. Bereit, aus dem Haus geschmuggelt zu werden.

»Haben Sie gefunden, wonach Sie suchten?«, fragte eine Frauenstimme hinter ihr.

Kat wusste, dass es Claudia war.

»Noch nicht alles«, sagte Kat, ohne sich zu rühren. Ihr Herz pochte schneller. »Ich hatte erwartet, hier auch eine Waffe zu sehen.«

»Diese?«, fragte Claudia.

Nun drehte Kat sich langsam um und stand auf. Claudia stand an der Tür zur Ankleide und hielt eine kleine Ein-Schuss-Pistole in der Hand, die sie auf Kat richtete.

»Ja, genau die«, sagte Kat und musste ein wenig grinsen. Dann wurde sie ernst. »Die Waffe, mit der *Sie* Coates getötet haben.«

»Ah, das haben Sie herausbekommen, ja?«

»Ich hatte sieben Schüsse gezählt. Sie hatten als Erste gefeuert. Reggie schoss lediglich in die Nacht. Aber eines verstehe ich nicht. Warum haben Sie Coates umgebracht?«

»Der alberne Kerl hat gedacht, dass wir zusammen durchbrennen.«

»Ach ja? Ich denke, da irren Sie sich«, erwiderte Kat. »Wie sich herausgestellt hat, hatte er nur eine einzelne Fahrkarte nach Nizza gekauft.«

»Wirklich?« Claudia nahm eine der kleineren Taschen und warf sie Kat zu. »Nun, spielt das noch eine Rolle? Packen Sie der Schmuck da rein!«

Kat hob die Stücke auf und legte sie in die Tasche, wobei sie die Pistole im Blick behielt.

»Ihnen muss klar sein, dass Sie nicht davonkommen«, sagte Kat, als sie Claudia die Tasche reichte.

»*Sie* halten mich nicht auf.«

»Ach nein? Wenn ich raten sollte, würde ich sagen, dass Sie nicht schießen.«

»Lassen Sie es drauf ankommen. Drehen Sie sich zum Fenster.«

Kat holte tief Luft, drehte sich um und hoffte, betete, dass sie recht hatte.

Sie wird mich nicht erschießen. Es wäre zu laut, und die Leute würden ... Oder doch?

Kat spürte einen heftigen Schlag gegen den Kopf, fiel nach vorn auf den Kleiderhaufen, und alles wurde schwarz.

Harry schob seinen Stuhl zurück und erhob sich. *Zwei Minuten?* Kat war schon zu lange weg. Irgendetwas stimmte nicht.

Er ging zur Tür.

»Harry?«, fragte Lavinia, als er an ihr vorbeikam. Nun herrschte Stille am Tisch, denn sein eiliger Aufbruch hatte alle verstummen lassen.

In der Diele passierte er den Korridor zum Trakt der Bediensteten und sah jemanden auf den Dienstboteneingang seitlich vom Haus zulaufen.

Lady Tamworth ... Und sie lief nicht. Sie rannte.

Was ist hier los? Ist Kat etwas passiert?

Harry drehte sich um und hastete zur Treppe, auf der er jeweils zwei Stufen auf einmal nahm, immer schneller, während er rief: »Kat! Kat!«

Kein Laut von oben.

Er rannte den Korridor hinunter zu ihrem Zimmer. Nichts.

Dann hörte er weiter weg ein dumpfes Knallen von einem Fenster, das aufgeworfen wurde, und zerberstendem Glas. Das Geräusch kam aus einem der anderen Gästezimmer.

Er stürmte wieder hinaus und zu dem Zimmer von Reggie und Claudia. Dessen Tür stand weit offen, aber die zur Ankleide war geschlossen.

»Kat! Kat!«

»Harry!«, hörte er Kats Stimme hinter der Tür.

Harry drehte den Knauf, aber es war abgeschlossen. Er drückte fest, warf sich gegen die Tür, stieß sich jedoch nur die Schulter schmerzhaft an.

Dann fiel ihm Reggies Revolver ein.

Er lief zum Nachtschrank, zog die Schublade auf und schnappte sich die Waffe, mit der er zur Ankleidetür zurückkeilte.

»Kat! Weg von der Tür! Jetzt. *Weg da!*«

Nun zielte er mit der Waffe auf das Schloss und drückte ab. Es war ein gigantischer Knall, laut genug, dass Harrys Ohren schrillten. Der Schießpulvergeruch war ihm allzu vertraut.

Das Schloss war zersplittert, und als Harry gegen die Tür drückte, schwang sie nach innen auf. Er blickte sich um, suchte nach Kat, doch hier war niemand!

»Kat! Wo zum ...?«

»Hier! Hier draußen!«, vernahm er ihre Stimme durch das offene Fenster.

Harry rannte hin, beugte sich hinaus – und sah Kat am Efeu nach unten klettern, schon beinahe im Garten.

»Was machst du denn?«, fragte er von oben.

»Es war Claudia, nicht Reggie!«, sagte Kat, ohne anzuhalten.

Dann hörte Harry, wie ein Motor ansprang – und schaute hinüber, wo der Bentley der Tamworth um das Haus geprescht kam, auf dem Kies schlingerte und wieder in die Spur fand, um die Einfahrt hinaufzufahren. Am Steuer saß …

Lady Tamworth persönlich.

Unten sprang Kat das letzte Stück aus dem Efeu, fiel ins Gras, rappelte sich blitzschnell auf und begann zu rennen – auf den Bentley zu, der nun wieder beschleunigte.

Und plötzlich fügte sich alles zusammen. Die winzigen Puzzleteile ergaben ein Bild, und Harry begriff, was Kat vorhatte.

Das ist zu gefährlich!

Nur blieb keine Zeit, sie aufzuhalten. Er konnte nur rufen …

»Kat! Nicht!«

Und dann – während ihm vage bewusst war, dass die anderen rufend aus dem Haus kamen und auf den vorbeibrausenden Bentley zeigten – sah er Kat einen beherzten Sprung auf das Trittbrett des Automobils vollführen, wo sie gleich neben der Fahrerin landete. Das Gefährt schwenkte sogar ein wenig zur Seite, doch Claudia packte das Lenkrad fester und versuchte, gleichzeitig Harrys Frau abzuwehren.

Seine fantastische, furchtlose, schöne Frau.

Doch es war zwecklos, denn Kat holte mit dem rechten Arm aus und rammte ihre Faust mitten in Lady Tamworth' Gesicht. Ein Aufwärtshaken, wie Harry ihn bisher kaum in den brutalsten Armee-Boxkämpfen bezeugt hatte.

Kats nächster Schwung katapultierte sie halb über Claudia hinweg und auf den Beifahrersitz.

Der Bentley geriet ins Schleudern, Kies stob auf – und Claudias Kopf sackte zurück gegen das weiche Leder. Das Heck des großartigen Wagens scherte weiter aus und krachte mit einem scheußlichen, metallischen Kreischen gegen den Springbrunnen, wo er in einer Wolke aus Staub und Qualm stehen blieb.

Mit offenem Mund beobachtete Harry alles, wollte seinen Augen nicht trauen. Nach und nach wurde er gewahr, dass Lavinia, Benton und Reggie über den Kies zum Bentley liefen.

Und Kat richtete sich auf, stieg vom Trittbrett und klopfte sich ab.

Als wäre nichts weiter gewesen.

Harry schaute zu, wie sie lässig zurück zum Haus ging. Hinter ihr scharten sich alle um den Wagen und zogen die benommene Claudia auf die Beine.

Kat blieb unter dem Fenster stehen, rieb sich die rechte Hand und blickte zu Harry hinauf.

»Das da – du weißt schon, der Sprung, der rechte Haken –, war das wirklich nötig, Kat?«, fragte er. »Mir schien es – nun ja – *ziemlich* riskant.«

»Diese Frau«, erwiderte sie und zeigte zurück zum Bentley, »hat mich *geschlagen*. Auf den Hinterkopf. Mich bewusstlos geschlagen!«

»Ah«, sagte Harry grinsend, »demnach hattest du einen guten Grund. Keine weiteren Fragen.«

Endlich lächelte Kat. »Keiner schlägt mich und kommt ungestraft davon.«

»Ja, das habe ich gesehen.«

Er blickte sie an.

»Was tust du eigentlich da oben in dem Zimmer?«, fragte sie.

»Im Moment? Ich bewundere dich.«

»Das kannst du später noch. Jetzt komm bitte runter und kümmere dich um mich. Ich bräuchte eine Umarmung und einen Kuss, solche Sachen. Vielleicht sogar einen Verband!«

»Bin schon unterwegs«, antwortete Harry und wandte sich vom Fenster ab. *Hätte ich geahnt, dass die Ehe mit Kat so sein würde, ich hätte sie schon sehr viel früher geheiratet!*

18. Drinks auf der Terrasse

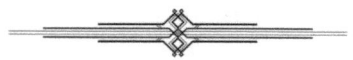

Kat lehnte sich in die weichen Polster des Liegestuhls zurück und erhob ihr Martini-Glas.

»Chin-chin«, sagte sie und sah zu Harry, der neben ihr in dem zweiten Liegestuhl lag, die Ärmel aufgekrempelt, das Hemd oben offen und den Panamahut nach hinten geschoben.

»Cheers«, antwortete er und beugte sich rüber, um mit ihr anzustoßen.

Sie beobachtete, wie er einen Schluck trank.

»Herrlich.«

»Meinst du das hier?« Sie nickte zum Garten des Dower House mit dem sattgrünen Rasen, den blühenden Sträuchern und der Sonne, die hinter den Apfel- und Kirschbäumen unterging. »Oder den Martini?«

»Beides«, sagte er. »Hierauf freue ich mich schon seit Wochen.«

»Ich mich auch.« Sie steckte sich die Olive aus dem Cocktail in den Mund. »Lieber ein paar Tage später als nie.«

»Stimmt«, sagte Harry. »Und es gab ein paar Momente an diesem Wochenende, da dachte ich, du würdest vielleicht ein bisschen zu weit gehen.«

Sie lachte. »Wie langweilig wäre das Leben, würden wir nie zu weit gehen, Harry.«

»Ja, schon, aber dieser Sprung auf den Wagen? Und dann der rechte Haken? *Autsch!*«

»Dieser Hieb auf meinen Kopf? Autsch!«

»Hat er dich wenigstens zur Vernunft gebracht?«

»Das bezweifle ich.«

»Schön«, sagte er, lehnte sich zu ihr und legte eine Hand auf ihren Arm. »Denn ich würde nicht wollen, dass du dich änderst.«

»Habe ich auch nicht vor«, versprach sie lächelnd.

Er trank noch einen Schluck von seinem Martini.

»Gibt es Neuigkeiten von Reggie und Claudia?«

»Sie sind beide in Untersuchungshaft in Chichester. Claudia wird wegen Mord angeklagt.«

»Was ist mit Reggie?«

»Behinderung der Justiz.«

»Also … hatte er wirklich nichts damit zu tun?«, fragte sie.

»Er sagt, als er sah, dass sie Coates erschossen hatte – hat er getan, was jeder anständige Ehemann tun würde. Die Schuld auf sich genommen.«

»Und er hatte nie einen Verdacht? Erstaunlich.«

»Unser Reggie ist nicht unbedingt ein helles Köpfchen. Anscheinend hatte er Claudia das letzte Jahr über eher vernachlässigt. Er war zum Spielen in Nizza – und sie fing dort eine Affäre mit Coates an.«

»War Coates als Chauffeur anderer Gäste dort?«

Harry nickte.

»Dann lass mich raten«, sagte Kat. »Sobald sie die Einladung zum Staatsbankett bekommen hatten, sah sie ihre Chance, schmiedete einen Plan, spannte Coates ein und ließ ihn die Drecksarbeit übernehmen.«

»Und als seine Aufgabe erledigt war, erschoss sie ihn.«

»*Sehr böse.*«

»Ja. Ich fürchte, dafür wird sie hängen«, sagte Harry.

Kat fröstelte bei dem Gedanken. Dann stellte sie sich Coates in diesem Nachtzug in Richtung Süden vor.

»Jenny ist auch entlastet?«, fragte sie. »Hat sie Coates wirklich nicht geholfen?«

»Nein, anscheinend hat sie die Wahrheit gesagt. Lavinia glaubt, dass sie Coates schon ungefähr eine Woche vorher eine Generalprobe hatte machen sehen – aber keine Spur von Jenny.«

»Gut. Das freut mich. Sie ist ein nettes Mädchen.«

»Ist sie – und wird vom Hilfsgärtner getröstet, wie ich höre.«

»Ach, wie wankelmütig junge Liebe ist«, sagte Kat und leerte ihr Glas. »Hm, Harry, ich habe Hunger.«

»Ich auch«, sagte er, stellte sein Glas ab und stand auf. »Maggie sagte, dass der Eintopf fertig ist – wann immer wir wollen.«

»Ich kann es kaum erwarten.«

»Essen wir drinnen oder hier draußen?«

»Auf jeden Fall hier draußen«, antwortete Kat. »Lass uns essen, Wein trinken und aufbleiben, bis es dunkel wird.«

»Aber nicht zu lange«, sagte Harry und küsste sie.

Sie lachte. »Oh nein, nicht zu lange. Wir haben … einiges aufzuholen.«

»Und jede Menge Zeit dafür«, sagte er. »Diese Woche sollte es schön ruhig sein.«

»Nicht zu ruhig, hoffe ich. Die letzten ein, zwei Tage – nun, die haben Spaß gemacht, oder?«

»Sie waren ereignisreich, das steht fest. Jeden Tag würde ich das nicht wollen.«

»Natürlich nicht. Was ist mit deiner Arbeit in London? Die wird sicher langweilig, hm?«

Hierauf bemerkte sie, dass Harry sie ansah. Mit einem umwerfenden Grinsen.

»Oh ja, das ist noch so eine Sache. Ich hatte bisher keine Gelegenheit, es zu erwähnen. Wie sich herausgestellt hat, wird sie vielleicht nicht ganz so langweilig wie …«

Das laute Telefonschrillen aus dem Haus unterbrach ihn.

»Gütiger Gott«, sagte Harry. »Anscheinend sind wir angeschlossen. Endlich! Ich frage mich, wer das sein mag.«

Kat wartete, während er hineinging und den Anruf annahm.

Sie blickte sich im Garten um und malte sich ihre Zukunft hier aus. Alle erdenklichen Varianten von Ereignissen und Erfahrungen, die kommen mochten.

Im Geiste sah sie den Garten voller Leute – Freunde, Verwandte, Gäste – vielleicht lachende spielende Kinder. Harry und sie, die älter wurden und einander noch vertrauter.

»Tja, das ist ein Ding«, sagte Harry, als er zurück auf die Terrasse kam.

»Wer war es?«

»Der Vikar.«

»Alle Achtung. Du bist erst seit ein paar Tagen zurück, und schon wollen sie dich wieder im Kirchenchor, hm?«

»Nicht ganz. Er möchte, dass wir morgen zu ihm kommen. Uns mit ihm unterhalten.«

»Ich auch?«

»Oh, du ganz besonders. Wie es scheint, hat er von unseren – oder vielmehr deinen – Heldentaten auf dem Anwesen gehört. Und er möchte auch mit mir reden. Er hat ein Problem, so, wie es klang. Und er glaubt, dass wir ihm eventuell helfen können.«

»Was für ein Problem?«, fragte Kat.

»Hat er nicht gesagt. Nur, dass es recht ernst ist.«

Kat sah Harry neugierig an, doch er zuckte mit den Schultern. Er war genauso erstaunt wie sie.

»Okay, und was hast du gesagt, Harry?«

»Na, dass wir gleich nach dem Frühstück zu ihm kommen.«

Sie lachte. »Richtige Antwort!«

Auch er lachte und legte einen Arm um sie. »Komm, holen wir uns den Eintopf. Wir können all das, was wir, ähm, vorhaben, schlecht mit leerem Magen bewältigen, oder?«

Gemeinsam gingen sie nach drinnen.

Welche Überraschungen würde der kleine Ort My-dworth in den kommenden Jahren noch für uns bereit-halten, fragte sich Kat.

Sie mochte Überraschungen.